伊豆之旅

伊豆の旅

邂逅異鄉的永恆悸動
川端康成淬鍊人生孤寂短篇選

川端康成
かわばたやすなり

劉子倩——譯

目次

輯一　第二故鄉

伊豆序說　007
湯島溫泉　011
溫泉通信　016
燕子　023
溫泉六月　030
伊豆姑娘　033
初秋旅信　037
南伊豆行　043
《伊豆的舞孃》裝幀設計及其他　054
伊豆印象　071
溫泉女景　077
若山牧水氏與湯島溫泉　088

伊豆溫泉記 092
伊豆溫泉六月 120
伊豆天城 129
冬日溫泉 138
熱川書簡 142

輯二 旅寂之心

正月三日 151
山茶花 179
夏天的鞋 190
謝謝 194
處女的祈禱 199
伊豆歸程 203

輯三 南國歸程

伊豆的回憶——摘自《獨影自命》 223

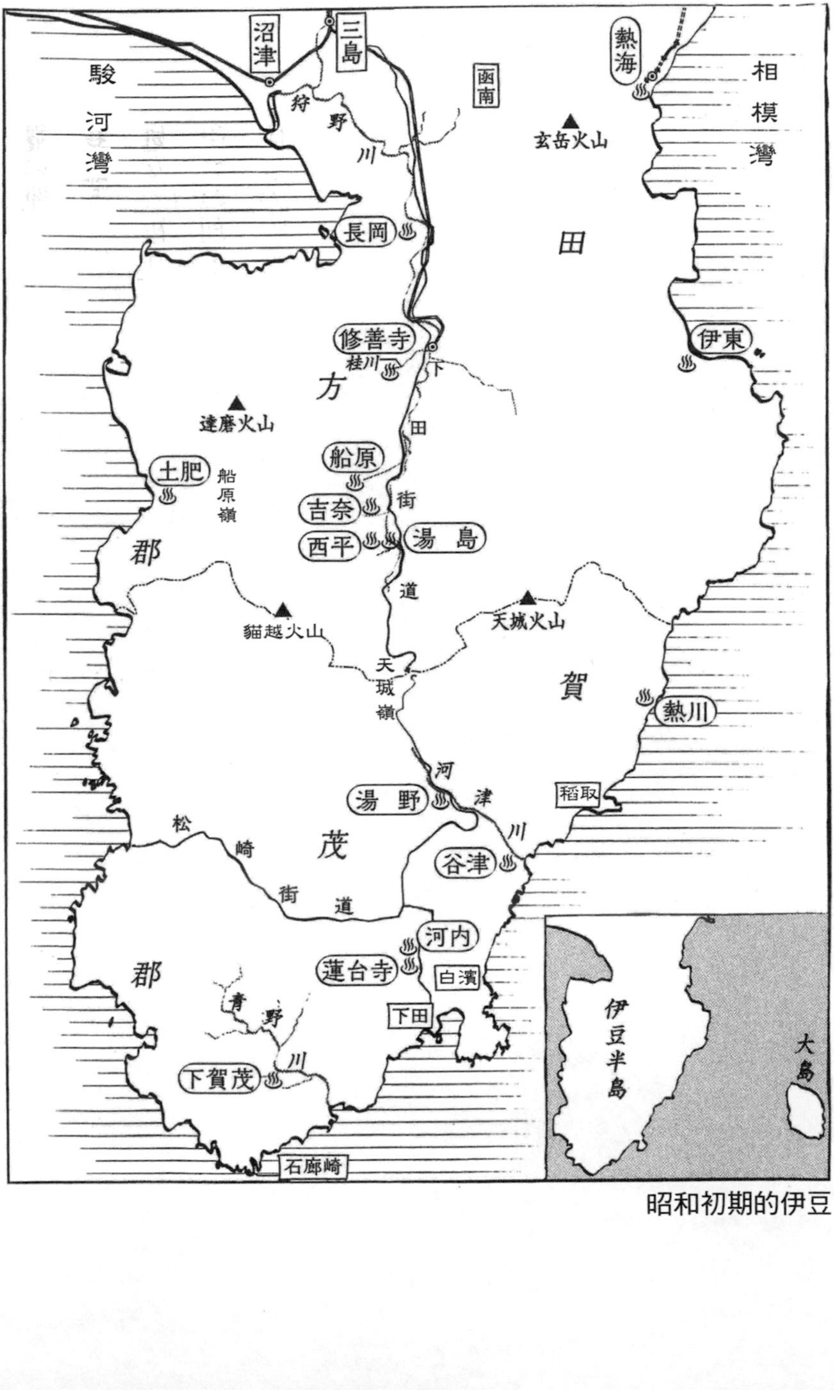
駿河灣
沼津
三島
函南
熱海
相模灣
狩野川
玄岳火山
長岡
田
修善寺
桂川
下田街道
方
達磨火山
伊東
土肥
船原嶺
船原
吉奈
湯島
西平
郡
貓越火山
天城火山
天城嶺
賀
熱川
河津川
稻取
湯野
松崎街道
茂
谷津
河內
蓮台寺
白濱
下田
郡
青野川
下賀茂
石廊崎
伊豆半島
大島

昭和初期的伊豆

輯一　第二故鄉

然而，孤獨的寂寞不時降臨，
只要一感到溫泉的味道就幾乎落淚。

伊豆序說

世人皆稱，伊豆乃詩之國度。

某歷史家曰，伊豆為日本歷史的縮影。

我要再補充一句，伊豆是南國的模型。

也可說伊豆是展示青山碧海各種風景的畫廊。

整個伊豆半島就像是一個大公園。一座大型遊樂場。換言之，伊豆半島處處皆有得天獨厚的自然景觀，富於美麗的變化。

目前伊豆有三個入口。分別是下田、三島．修善寺，以及熱海，無論從哪一處進入，首先都有堪稱伊豆乳汁或肌膚的溫泉相迎。但從不同入口感受到的，想必是不同的伊豆風情。

北方的修善寺道路與南方的下田道路在天城山頂相會。山北俗稱口伊豆，屬於田方郡；山南俗稱奧伊豆，屬於賀茂郡，南北不僅植物的種類及開花期不同，南邊的天空與海洋色彩尤其具有南國風味。天城火山山脈東西長四十四公里，南北長二十四公里，占據半島三分之一，與環繞半島三面的海洋黑潮皆為妝點伊豆色彩的重大要素。山茶花若是海岸線之花，石楠花便是天城山之花。觀其溪谷之深峻，原始林之危險難行，實難想像只是小小半島。不僅因山區可獵鹿而聞名，這天城越嶺之路才是真正的伊豆旅情。

開往熱海的火車取了時髦的名稱叫做浪漫列車。殉情自殺更是熱海名產。由此可見，熱海是伊豆地區的都會，也是關東各地溫泉中比較現代化的都市。若說修善寺是充滿歷史古蹟的溫泉，熱海便是以地理取勝的溫泉。修善寺附近有種靜謐的寂寥。熱海附近則是華麗的喧鬧。從伊豆山至伊東的海岸線令人聯想到南歐，是伊豆明媚的一面。即便同屬南國風情，奧伊豆的海岸線是何等素樸的和平牧歌！

在伊豆，以熱海、伊東、修善寺、長岡四大溫泉為首，共有二、三十處溫泉區，光是伊東便可舉出數百座溫泉口。這些都是玄岳火山、天城火山、貓越火山、達磨火山等地留下的痕跡，足以證明伊豆是男性化的火國。此外，熱海的間歇泉、下加茂與峰的噴泉、半島南端石廊崎的滔天巨浪、狩野川的氾濫、海岸線的洪水、海岸線的岩壁、植物的蓬勃茂盛，皆屬男性化的力量。

然而，處處湧現的溫泉，卻令人聯想女性乳汁的溫暖豐沛。而那種女性化的溫暖豐沛，想必正是伊豆的生命。雖然田地極少，卻有財產共有制的村落或免稅的小鎮，富產山珍海味，深受黑潮與陽光眷顧，宛如肌膚為小麥色的熱情女子。

不過，鐵路目前只有熱海線與修善寺線，而且只到入口而已，在丹那線開通或伊豆循環鐵路完工之前，交通極為不便。相對的，四通八達的公車路線暢通無阻，馬車笛音及流浪藝人的歌聲悠揚，可以看見充滿伊豆特色的旅路。

主要幹道皆沿海邊與河川而行。包括從熱海往伊東、從下田往東海岸、行走西海岸，以及沿狩野川畔直上天城山、沿河津川及逆川畔南下等等路線，而溫泉就散布在這些街道之間。另有箱根往熱海的山道、貓越嶺的松崎道、修善寺往伊東的山道等，眾多路線讓伊豆成了散步的景點，也成了畫廊。

伊豆半島西起駿河灣，東至相模灣，南北約五十九公里，東西最寬之處約三十六公里，面積約四百零六平方公里，占據靜岡縣的五分之一。面積雖小，海岸線卻比駿河、遠江二地的加起來還長，而且火山之上還有火山，地質極為複雜，是故伊豆風景才會如此變化多端吧。

如今有人說伊豆的長津呂地區是日本全國氣候最宜人之地，半島全體彷彿一個遊樂園，但在奈良王朝時代，此地仍是可怕的流放之地。直到源賴朝舉旗興兵後才開始蓬勃發展。一度也有幕府末期的歐美船隻航行此地。不過，除此之外亦有源範賴、源賴家的源氏修善寺哀史、堀越御所的興衰、戰國初期武將北條早雲的韮山城等不勝枚舉的史蹟。在日本造船史上，伊豆自古以來也扮演了重要角色，這些都是我們談論伊豆這個海洋與樹木之鄉時不可或忘的事實。

昭和六年二月，改造社出版《日本地理大系》第六卷・中部篇下

湯島溫泉

伊豆的溫泉我大致都知道。就山中溫泉而言，我認為湯島溫泉當屬第一。夏天氣溫比東京低了近十度較為涼爽，但海拔畢竟不足六百公尺，因此還是相當熱。此地位於天城北麓，冬季也不算溫暖。但不愧是伊豆，據說賞楓的最佳時節是十二月初。

去年四月某個溫暖得詭異的白天。我在野地散步忽聞蛙鳴。朝聲音的來源走去一看，不由大吃一驚，潮濕的田裡，竟坐著三、四十隻青蛙。而且是剛從土裡鑽出，身上還裹著泥衣。天氣太暖和，令牠們搞錯季節。四月竟有蛙鳴，想必在湯島亦為罕事。

此地特產是山葵與香菇。

湯島山葵的品質最佳，通常送往東京第一流餐廳。山葵首推水質清澈的山葵沼澤這種濕地出產為第一。乾地生產的稱為岡山葵，風味低劣。但人們的舌頭日漸遲鈍，懂得辨識山葵滋味的人已不多，吃點岡山葵也照樣滿足。此事，對於產量稀少的湯島上等山葵殊為可悲。本地人如此嘆息不已。

江戶時代此地發現金礦，一時之間連妓院都應運而生，淘金熱帶動了當地繁華。

兩、三年前，大本教教祖出口王仁三郎曾滯留湯本館這家旅館。湯本館的老闆是大本教信徒。說來神奇，忽自小山冉冉升起一縷蒸氣。王仁三郎從湯本館看到之後說：「此乃神諭，昭示金礦出現。」信徒遂從綾部前來挖掘那座山。

去年四月，多達四、五十名信徒湧入這個小山村。大本教的青年成群結隊意氣風發走過山路。他們給人的印象都很不錯。而那個家族有五、六名略帶都會風情的女孩，每天都會在浴池與我相遇。

雖然彼此幾乎不曾交談，但那些女孩有兩三人在我啟程時自然而然地一路送我到車旁。

結果他們並未挖到金礦。夏天再去時，廢礦坑中已有土石崩落。不過，湯島大部分的山都被視為金山，久原[1]等人擁有那些礦山的開採權。

沒看到王仁三郎，但大本教第二代教祖出口澄子及身為第三代的女兒來湯本館時，我正好在場。那是兩三年前的夏天。

我看到澄子去泡溫泉。她的身型醜陋且極為肥胖。稀疏的頭髮揪成髻，嘴臉低俗，像個鄉下雜貨店的老婆子。泡完溫泉坐在簷廊伸長兩條肥腿，拿著菸管吞雲吐霧。這種德行，居然也是一教之長讓我深感不可思議。第三代是個雙十年華的女孩，然她毫無女人味，看起來滿臉疲色。

我不喜歡大本教，卻喜歡他們吟誦的祝禱詞。我喜歡聽那個，也喜歡其中顯現的太古時代純日本思想。然而，最近在湯本館幾乎完全聽不到這段祝禱詞了。

對大本教而言，湯島成了聖地。

1 應是指久原房之助（1869-1965），日本的企業家、政治家，擁有「礦山王」稱號。

山間四月，楤木冒出嫩芽時鹿角便會脫落。村民偶爾會在山中撿到鹿角。據說鹿會用雜草或枯枝掩藏脫落的角，讓人只看見角尖。

湯島因皇室宮內省的天城御用獵場而聞名。今年冬天就獵捕了五十隻鹿。去年歲暮，我曾目睹四、五名本地獵人聯手在村子的河岸殺鹿。

此外，松竹電影公司的蒲田片廠也經常來此地拍外景。我看到的，是梅村蓉子主演的《水車小屋》。就在落合樓前的河岸，梅村蓉子以鐮刀刎頸，三村千代子穿著戲服從岩石上撲通跳進水中。

泡溫泉於我而言是無上至樂，甚至恨不得終生徘徊各溫泉區之間。那樣或許能讓身體不好的我多活幾年。

紀州的湯崎溫泉因長壽者多而名聞遐邇。沿海邊一路走去，白髮老人之多的確令人驚嘆。那裡氣氛悠哉很舒服，讓人很想在湯崎租屋住上一年。

湯島似乎也多長壽老人。

打從七年前起，我每年都會來此地兩三次。大正十三年更是幾乎有半年都在此地度過。

七年前，仍是一高[2]學生的我初來此地的那一晚，適逢美麗的流浪舞孃來這間旅館跳舞。翌日，我在天城嶺的茶屋又巧遇舞孃。之後約有一週時間，我跟著那群流浪藝人同遊南伊豆直至下田。

那年舞孃十四歲。稚氣的經過甚至不足以寫成小說。舞孃為伊豆大島波浮港人。

大正十四年三月《文藝春秋》

2 一高：第一高等學校的簡稱。現在東京大學教養學部及千葉大學醫學部的前身。

溫泉通信

正奇怪怎地滿天都是白色小蟲飛過，原來是春雨。

「等天氣放晴，就可以去摘蕨菜了。」旅館的女服務生說。這天是四月八日。彼岸櫻、木蓮，以及其他各種花卉爭相綻放。河鹿蛙鳴叫。狩野川或許已有香魚悠遊。去年，我問女服務生餐盤上的炸魚是什麼魚。她立刻送來廚師寫的字條。「為您呈上的魚是香魚。這是祕密。」顯然是解禁前某人偷偷獵捕來的。但當時已有牡丹綻放，所以今年大概還不到時候吧。

山茶花保持怒放的姿態，似乎隨時會從枝頭啪地重重墜地，但其實這是很持久的花。今年正月我便早早與位於本所的帝大貧民救濟社的志工學生們前往淨蓮瀑布，途中頻頻朝溪流對岸扔擲石子想把花打落。距離之遠，必須使盡吃奶的力氣才勉強把石子扔到對岸。沒想到，四月初來了一看，花竟然還綻放著。我與武野藤介君繼續扔石子。正月沒打落的花，到了四月簌簌墜落隨水漂流。

許是因為位於山區，此地經常下雨。雨勢來得突然去也突然。凌晨二點左右打開浴室的窗子，本以為有雨，結果眼前遍地銀白月光。白霧羞赧地徘徊在溪流上方。

「初夏到了啊。」我忽然在四月初如是想。因為這個空氣清新、枝葉肆意繁茂的山中夜晚，被雨水與月光二度洗滌後實在太清爽了。

其實我常感到這種雨後的夜月極美。與旅館一群女子去看宛如將盞盞燈籠遺忘田間的地藏祭，不巧下雨。回程月亮出來了，山谷依然有茫茫白霧逶迤。今年冬天，偕中河與一君全家坐馬車去吉奈溫泉那天也同樣下雨，後來放晴了只見月亮與白霧。

「月亮也會動呢。」某個夏夜，在這旅館的河岸涼亭，有人這麼對我說。一旁的東京孩子們掄起手臂揮舞仙女棒，爭相描繪大火圈。

「說它會動有點奇怪，但每晚坐在同樣的地方看月亮，就會發現月亮行經的路線漸漸不同。」然後他舉起手，「昨晚在這樹梢，前天晚上——」

然而在湯島看不見大月亮。看不到真正的朝陽，也看不到真正的夕陽。因為東邊與西邊都是山。早晨先是西邊的群山冠上陽光亮麗的頭巾。等頭巾的邊緣滑過山腹逐漸擴散後，日頭就升高了。傍晚輪到東邊群山戴頭巾。即便湯島的山巒脫下頭巾，天城山峰仍未脫下。

若想看朝陽與日暮的色彩，可去街上仰望遙遠天邊的富士山。富士山會染上晨光與暮色。

此地的星空也很狹小。

喲——咿沙沙
喲——咿沙
大聲呼喊
雙手高舉
風的孩子齊聚
後有竹林

這是村中小學女童唱的童謠。

再沒有比竹林更能以清寂又緬懷的細膩情感親近陽光。雖然不像京都郊外竹林千里那麼壯觀，但這邊的河岸或彼方的山腹，皆可看到稀疏的竹林瘦骨伶仃地東一片西一片挺立，有種令人心情靜謐的風情。我經常躺在枯草上眺望竹林。

切不可從陽光照耀的正面眺望竹林。須從背面看。還有比竹葉閃爍流金碎光時更美的陽光嗎？竹葉與日光親暱的光影嬉戲吸引了我，令我陷入忘我之境。就算沒有光影閃爍，日光透過竹葉讓它變成淺黃色的亮度，不也是寂寥令人緬懷的色彩。

我自己彷彿也化為那片竹林。一整個月都沒和人說過幾句像樣的話，恍惚像空氣一樣澄明，幾近忘記自己的感情及感覺之門的開關。

然而，孤獨的寂寞不時降臨。我閉上眼，咬住棉袍的袖子。這時，我聞到溫泉的氣味。我喜歡溫泉的氣味。如今已習慣這片土地所以不以為意，但是以前下了車走下坡快要接近旅館時，只要一感到溫泉的味道就幾乎落淚，換上旅館的衣服後我會把鼻子埋進袖子深吸這股味道。不只是這裡，各種溫泉區皆有不同的溫泉氣味。

「我曾爬到那座山的山頂上喔。」

朋友來時，我會站在下田街道指著鉢窪山說。走上約莫三公里的坡路，沿著街道快到天城時，就是那座山。因此，從這村子看過去，山非常高。像個倒扣的碗，整座山都是草。花了四十分鐘走近山頂。從山下看來賞心悅目的枯草，上山一看是高度及胸的芒草叢。突然絡繹冒出五、六名割草的男人，一臉不可思議地望著我。連我自己也開始覺得自己的登山很怪異，急忙下山離去，這就是無聊的去年歲暮。

上次也和武野藤介君爬過後面的枯草山。看似徐緩的坡度，實際走上去才發現很陡峭。望著似乎一不留神便會失足滑落的腳下，再把目光移向山谷對面的山腹，只見那邊的杉林樹梢挾帶異常可怕的力量壓迫而來。上山時還好，但下山時，膽小的藤介君甚至不敢站直身子走路。

一如此時的杉林，面對山脈、天空與溪流時我的直覺不時驀然開放，我驚愕地敞開身心融入自然靜靜佇立。枝頭垂下串串白色繁花，我從那白花感到深邃的靜謐，不覺望著入神。然後我發現白花帶有一種病態的疲憊。

我在附近散步，始終不見人影，不僅一戶人家都看不見，旅館的房客也只有我一人。無人的二樓夜色漸深，貓在略帶西洋風格的房間內頻頻叫喚。我起身走去打開那個房間的門。貓跟著我的腳步來到我房間，跳上我的膝頭後終於安靜。這時，貓的體臭竄入大腦，我感到自己彷彿第一次發現貓的氣味。

「孤寂宛如貓的體臭——嗎？」

貓從我膝上起身，神經質地抓撓柱子。

一個村子有可能就只有一隻貓、一隻狗嗎？如此說來，那隻貓或狗到死都不會看到其他的貓或狗。

有一條道路完工啟用。從湯島的嵯峨澤橋附近將下田街道一分為二，越過世古瀑布後方的深山，通往伊豆西海岸的松崎港。狹小的松崎街道逐漸開闊。一路直抵世古彼方。

四月六日慶祝這條道路開通。一干流浪藝人於別墅院子歌詠安來民謠。

慶祝日的前一天下起綿綿春雨，直到今天總算放晴了。四月十三日。樹幹與樹葉，乃至屋頂與花朵與溪流，萬物在日光普照下散發美麗光輝。

大正十四年四月《文藝春秋》

燕子

諸位可曾聽過老鼠彈琴？——其實昨晚，我被那個嚇得從床上跳起。

在冷清得離譜的山中溫泉，共有二十個房間的旅館二樓，昨晚還是只有我一名房客。這種情形並不罕見，但是夜深後下起滂沱大雨。總覺得屋頂上有很多人在蹦蹦跳跳跑來跑去。一個人獨居太久就會中邪。中了人類這種同類生物的邪。會一再瞪大雙眼，像老虎一樣露出獠牙作勢張口咬人，或者因為這山上有野豬就模仿野豬爬上山的舉動，當然事後苦笑一聲也就沒事了，但驀然抬眼或瞥向一旁的瞬間，視線前方倏然有人影閃過，眼睛彷彿被那人影吸引跟著移動，頓時心頭一跳，身子瑟縮。不是幻聽，是幻視。無論天上的雲朵，溪流的石頭，紙拉門，木蓮花，小毛巾，花瓶，馬，一切的一切，好像都一一化作人臉和人形。因此，大雨敲擊屋頂的聲音聽來也似人類的足音。其實自己也知道那是什麼，卻不知怎地，就是很想打開遮雨板看看。這時候，隔壁房間鏗然響起一聲琴音。說穿了不值一提。其實是老鼠越過門樑上方時不慎掉到琴上。

之後雨聲立刻靜止了。

咻咻咻，弗弗弗，咻咿咻咿——

是溪流中的河鹿蛙。聽到蛙鳴，在這擁有美麗溪流的山谷，彷彿可以嗅到雨後初霽氣息的月夜景色，驀然洋溢我心頭。當然，河鹿蛙即使下雨也會叫，暗夜照樣也會叫，昨晚不知有沒有月亮，不過今早起來一看，是個乾爽的晴天，而且是星期天。於是我按照星期天的習慣，去拜訪村中小學的年輕教師。

「好綠啊。外面已是碧草連天呢。」

他劈頭就這麼提起原野，接著又說道：

「每逢新綠時節，這一帶好像就格外冷清。或許是因為居民的生活色彩就像老舊稻草屋頂的色彩吧。況且對我而言，此地帶有南國色彩的初夏自然景觀，有點太生猛蒼鬱了。唯獨富士山另當別論。只有那座山的風貌不同。不過，這一帶彷彿才值春日正盛，就一下子跳到了初夏。你不這麼覺得嗎？此地好像根本沒有所謂的晚春或暮春。

況且這一帶之所以顯得冷清，是因為本地缺乏藝術。雖然談到藝術有點容易引起爭論。木曾有木曾舞，追分也有某某民謠或某某舞，乃至出雲的某某、某地的某某……想必許多地方好歹都有深具當地鄉土風情的民謠吧。偏偏唯獨此地沒有任何鄉土民謠，盂蘭盆節時不跳盆舞，翻越山嶺或拉車、種田插秧時也不唱山歌，大家居然只是默默埋頭做事！即便有許多馬，也壓根不打算騎馬，頂多騎自行車。自從我調任到這個村子，簡直目瞪口呆。而且，這也讓我想起一樁往事。

兩三年前我曾在大阪郊外的小鎮——如今該地已編入市內——的學校任教。當地有日本首屈一指的大型紡織廠，工廠的盆舞小有名氣。工廠的女工通常是關起門自己跳，不開放給一般人看，但由於我會去那工廠內的女工學校教授識字班，所以有幸目睹。不料，一旦要開始跳舞時，女工們居然自動分成了七、八隊。我暗自稱奇，但再一想的確有理，因為每隊跳的舞不同。比方說丹波與越後兩地的盆舞歌謠和舞蹈的手勢、腳的拍子肯定都不同。因此要各跳各的故鄉舞蹈，讓色彩不同的鄉土之花一同爭奇鬥艷。望著那各有千秋的舞蹈，我從未如此深深體會到所謂的鄉愁。還有，舞蹈的廣場角落有一個射箭場，員工們在拉弓。拉弓者和箭靶都被成排白楊樹遮住，從我這角度看不到，只見被瓦斯燈照亮葉片的白楊樹之間，不斷有流矢咻咻飛過。望著那伴隨女工們的舞蹈一起流動的光影之箭，我真的落淚了。

來到此地，讓我又想起那次看到的盆舞。因為我在想，本地姑娘即便去那家工廠，恐怕也無法加入任何一支舞蹈隊伍，只能茫然旁觀他人的故鄉之花。沒想到，我錯了。首先，本地姑娘根本不可能去外地做紡織女工。大家各有各的家，距離都市很遙遠，而且個性正直又善良。不過，不知為何所有人都很矮。撇開那個不談，或許是因為生活輕鬆，人們好像不太追求刺激。這讓外地人對這個村子感到冷清寂寞。甚至可以說，這個村子沒有愛情，人們像魚一樣禮儀端正，是個沒有愛情的村子。——或許才會如我剛才所言缺乏藝術吧。可能唯有富士山是這一帶的藝術。

之所以這麼說，是因為上次我在學校帶的學生——是小學五年級的女學生，我讓那三十四名女孩自由作畫，結果很驚訝。用富士山當遠景的作品竟有二十一張——」

「嗯……」

我也驚呆了。從這裡遠眺的富士山，與其稱為山，毋寧更像是一種天體，在天空散發柔和的光芒。

年輕教師看著我吃驚的表情，又繼續說道：

「孩子們想必是從富士山感受到自己的美感與憧憬吧。還有，畫面某處出現燕子飛翔的，有十二張——」

「燕子？」

「對，燕子。這點也令我很意外。我壓根就沒發現有燕子。當時才四月底呢。但孩子們看見了。如此說來，本地的孩子們同樣也會感受到季節的藝術。是我自己太遲鈍了。」

寫詩也寫小說的年輕教師，說著笑了。

「這樣子啊。畫燕子的學生那麼多嗎？」

「對，有十二張都畫了燕子。」

「燕子……提到燕子，關於這個溫泉的燕子，我也有一個動人的故事。」

我說著，對他娓娓道來。

「我朋友的女友當了電影明星。那是他從學生時代開始交往的女友，但並未發生進一步的關係。隨著女孩子的名氣越來越響亮，女方逐漸企圖疏遠男方。不過，那個女演員的電影在淺草的電影院首映時，二人還是一起去看了。有一幕，是女人以山中純真少女的姿態踽踽走下山坡。二人看著，忽見銀幕一角有燕子如流星翩然掠過。啊，燕子！女人失聲驚呼，與男人面面相覷。拍攝這一幕時導演與攝影師或許都沒注意到有燕子掠過鏡頭，女演員也完全不知情。電影結束後，據說女人還一再對男人提起燕子長燕子短的。如此看來，掠過銀幕一隅的燕子，似乎沉入女人的心底最深處。有燕子飛過喔，那隻燕子——據說她總是這樣訴說著，當下變得非常脆弱，然後投入男人的懷抱靜靜哭泣。我聽那位友人說，山坡那一幕，就是在這個溫泉區拍攝的。

我非常喜歡這個燕子的故事。和你剛才描述在舞蹈場看到流矢的心情或許有幾分相似。所以你應該也能理解吧？」

「是啊。——畢竟在這村子，三十四名少女當中就有十二人畫出燕子。」

「燕子。」

「燕子。」

於是我們再次呢喃，放眼環視輕風吹拂的藍天。

大正十四年六月《婦人公論》

溫泉六月

我在街道舉手叫馬車。這天是六月一日。我安排了馬車要從湯島溫泉去吉奈溫泉撞球。車夫在嵯峨澤橋上說：

「今天河裡大概會被人潮擠得一片烏黑。」

從今日起解禁，可以捕香魚了。——散落白色路面的櫻果中，一條小蛇泅泳般橫越而過。馬車的車輪輾過那滿地櫻果。到了吉奈溫泉，跛足少女搖搖晃晃從出租別墅事務所出來把球拿給我。

吉奈山腳，有一棵高達四、五公尺的罕見石楠花巨木。石楠花是天城山名產。長得比別處更高更茂密。

「在湯島，見過漂亮的石楠花」

這是我唯一能想到的形容詞。

這句出自白鳥省吾的詩中。基本上石楠花的紅色花蕾會開出淺粉色花朵。好像也有鵝黃色和白色的花朵。白花似乎特別珍稀。葉子就像小號的枇杷葉，花朵如同放大版的杜鵑花。這種長壽的花卉在我屋裡的花瓶已綻放將近一月之久。那種花瓣的質感，讓我發現都市性的疲勞。各種疲勞中，來自都市各種聲色形影的那種感覺的疲勞，正是在山中已逗留三月之久的我最渴望的。所以，修善寺溫泉也令我失望。

本月中旬，中學時代的友人欠田寬治君與清水正光君，於二天之內先後從大阪來看我，在湯島不期而遇。翌日三人連袂前往修善寺。修善寺的鄉土風情令我驚愕，就連當地一流旅館都意外地土氣，販賣的糕點看起來沒有一樣能吃的。但反之若我來自東京，想必會對修善寺的都市情調感到訝異而大失所望。欠田君在旅館登記的住址是「大阪市東淀川區」，結果旅館的領班還特地來打聽。大阪市大肆收編郡部行政區後，一躍成為日本第一大都市。我們三人就這樣聊起在周遭地區四處胡鬧的大阪人。最近奈良與大津就是好例子，一旦有大阪人涉足該地，尤其是風月場所，據說頓時會喪失古老情調，變得奸詐油滑。

款冬的花莖帶給我與石楠花截然相反的印象。春天時，我從松崎街道登上貓越嶺。從山麓向上走四公里，小徑呈閃電狀一路蜿蜒通往山頂。溪水的源頭似乎已乾涸，小石子發白。山谷中有山葵濕地。路徑在小片山林火災的遺跡中央斷絕。沒有綠樹。處處皆有大樹的樹幹化為焦炭倒臥。雨雲罩頂帶來寒意。昔日焦土的氣味似乎仍撲鼻而來。這時，我聞到款冬花的味道。這個時節款冬花薹已老。但好歹是焦土中唯一帶有綠色的植物。我的祖父生前頗為喜愛這種「款冬老阿姨」的微苦滋味。為了盲眼的祖父，我經常去摘這種款冬花蕾。——去年四月也和旅館的人去後山摘過款冬。今年則是摘了蕨菜。某人曾寫道，摘蕨菜是憂鬱的，但我不這麼認為。或許是因為它像野地雜草般生得茂密。摘來之後我狼吞虎嚥生吃了十根蕨菜。帶有草腥的微苦，倒也不能說不好吃。

不過，款冬花莖和蕨菜都時屬春天，石楠花到了六月也已凋零。那石楠花是五月之花。如今蕎麥的小白花正在紅色花莖上綻放。

大正十四年七月《文藝時代》

伊豆姑娘

說到我最近見過的鄉下姑娘——是伊豆姑娘。雖以伊豆概括，但山地與海岸的生活氣氛似乎大不相同。至少就風氣好壞而言截然不同。此外，比方說從伊豆半島中央的天城山往南越過一步，就連放眼所見的景物，頓時都會變成南國特有的風情。而我這半年滯留的地區，說到溫泉的話是修善寺、船原、吉奈、湯島一帶。這一帶的居民生活並無顯著特色。沒有任何東西足以給外地人留下強烈印象。換言之，或許堪稱沒有任何東西勾起我們的好奇心與批判的眼光。至於姑娘們的風俗習慣也堪稱有同樣情形。況且，論及我熟悉的姑娘，多半是旅館的女服務生。一般平民女孩當然也打過照面，但那只不過是「見過」，不可能深入接觸她們的生活。

談到鄉下，照理來講或許應該先將都市——在這一帶的話是指東京——放到一邊來考量。基本上，若與大阪京都的鄉下比較，東京的鄉下完全未開化，而且似乎格外貧瘠。不過，伊豆或許還算是比較好生活的地方。沒有關東地區鄉村常見的粗俗及尖銳。而且，姑娘們對於去東京好像也沒有那麼強烈的憧憬。離鄉背井去當女工的情形想必也很少見。此地溫泉多，因此東京人也常來，但居民似乎沒受到什麼影響。若有稍具姿色的都會女子出現，旅館的女服務生會立刻說「是非常好的人喔」，話中帶有極為單純的味道。這點給人的感覺很好。

我現在待的湯島溫泉是個小村子，有兩三家女人專門接客做男人生意。當然，她們都不是本地女子。不過，和那種女人交談的村中太太或姑娘很有意思。比方說，下雨天有個女人下了公車。只見她跑進點心店，輕拍在店內購物的村中姑娘肩膀。姑娘回以燦爛的微笑。然後雙方就坦然自若地站著聊了起來。還有在簷廊袒胸露乳餵奶的村中太太，與蹲在她面前的怪女人，坦然自若地聊得沒完沒了。還有，今年冬天時，不知何故有許多朝鮮的賣糖人湧入村中，一群賣糖人都在村裡租房子住。小河邊還有穿白色裙褲的朝鮮女子在那洗衣服。街道對面的房子，村中女子正列隊向白色裙褲女子學上一兩句朝鮮語。表情同樣坦然自若。

上次，我在吉奈溫泉聽收音機，附近的狗跑來圍著收音機尖聲吠吼。不過，姑娘們和這種鄉下土狗不同，她們坦然自若的接納方式，我認為非常有趣。

最近，東京這種大都市的女人據說越來越無貞操。不過，就各種外縣市鄉下的女人看來，東京女人當然還是被貞操給束縛得太過頭了。不過，東京的女人就算品行過度良好，或者品行過度惡劣，好像總是帶有一點不自然的味道。可鄉下的女子，無論是品行極端惡劣或極端良好，首先看起來就很自然。伊豆地區的海邊漁鎮或碼頭，或者更往南方走，可能也有很糟糕的地方，但只能說此地的禮儀極度端正。拿知名溫泉來說，伊東和長岡大概就是標準的風月場所，修善寺則無法花天酒地。

這一帶現在正好剛插完秧。此前我天天看插秧，感到很意外。這裡居然沒有插秧的歌謠。某位報社記者告訴我，此地生活輕鬆因此刺激也少，以致對戀愛的要求並不發達。至少的確可以說，生活氛圍缺乏變化。

我在這鄉下待久了，首先感到的是所謂「不動的際遇」。彷彿第一次明確感到支配人們命運的身世際遇有多大的力量。那些我了解個人身世背景的姑娘，泰半都是旅館的女服務生，她們的際遇和命運，在我看來分明是一線相連。讓我這個四處流浪（如果用文謅謅的說法大概是天涯孤客），毫無家庭或人際關係這些際遇可言的人，感到非常不可思議。思及她們的身世，總覺得好似獨立山中暮色蒼茫。

還有一點，是女人的「世故」。這間旅館曾有鄉下小姑娘來當保母。不到一個月就抱怨在旅館工作會變得世故，遂辭職離去。大部分的女服務生只要談到比較正經的話題，就會說自己「世故、世故」。一點也不世故的鄉下女孩，偏說自己世故，急著自我反省。把自己是否世故視為生活中一大問題的，想必不只是鄉下姑娘。都市女孩八成也是如此。我忍不住想，女人的「世故」究竟是什麼？所謂世故，是什麼情形？對女人自己，乃至對男人而言，那具備何種意義？還有，女人為何會將之視為人生一大問題呢？

伊豆是多山的半島。山與海賜給人們超過半數的生活食糧，並非農業地區。因此，姑娘們或許也是山與海與原野的孩子吧。不過，伊豆絕對沒有美女。

大正十四年八月《婦人公論》

初秋旅信

八月底，熱愛登山的大學生吉村君仰望後山說：

「不妨去爬爬看那座山。昨天白天我在那裡躺過，很舒服喔。秋季花草正值花期。太陽也沒那麼熱了。」

夏天有各種朋友來這家旅館探望我，而且人人都忘了把扇子帶走。那些扇子在我的房間角落已微微發出霉味。

冬季外套、冬季和服、斜紋嗶嘰[1]服裝等衣物堆在凌亂的衣箱中已發霉。昨天

1 嗶嘰，是一種紡織品。斜紋，表面光潔，質地較厚而軟，通常為素色。

旅館的人替我拿出去曬，連冬天的帽子也發霉了。

當初我是穿冬裝來這個溫泉。我本來打算初夏回東京，因此特地讓當鋪把嗶嘰和服送來，卻一次也沒穿過。還做了盛夏的單衣但同樣沒穿過。去附近的溫泉、修善寺、吉奈時都是直接穿旅館的浴衣。

如今又托東京送來初秋的單衣。我打算穿這個回去。

本地有「天城私雨」這種說法。的確是天城私屬之雨。天城山始終籠罩在只屬於自己的雨中，因此山麓也常有雨。八月中旬連續降雨十天時，我的神經痛犯了，想寫字卻握不住筆，請人按摩了三、四天。

橫光君說，當初他就是在伊賀的上野之類地方受困霪雨霏霏時，得到〈碑文〉這篇小說的構想。但連下一個月甚至一年的長雨讓人變得瘋狂最後全體自殺的故事，在這溫泉的雨天，感覺格外真實。

陣雨來得突然去也突然，因此不算高的山上，可以看見大量的美麗霧氣。月光灑落溪流的白霧上更顯綺麗。

月夜泡在河岸的露天溫泉中，將大樹背面的葉片照得淺白透明的月光，自樹葉縫隙朝池面灑落絲絲縷縷的光線。對岸的山腹隱約泛白。奇怪，那種地方以前有山崩的痕跡嗎？這麼想著定睛一看，那白色的部分靜靜飄動。是霧氣。

某夜，去關遮雨板的女服務生突然嚷著失火了。果然，天空發亮。旅館的客人乃至廚師通通衝到門口。

說穿了也沒什麼。其實是別墅的電燈照亮夜空。

雨後放晴的夜晚，許是因為水蒸氣多，小小燈光便足以照亮天際。

狩野川被稱為魔鬼狩野川。報紙的地方版不時會出現魔鬼狩野川如何如何的報導。在我滯留期間也是，去年秋天及今年八月底，修善寺橋便曾二度坍塌。

此地位於上游因此影響不大，但從溪流對面溫泉口架設到溪上的水管被沖走了。之前水流相當湍急，可以聽見岩石轟隆轟隆被沖走的聲音。不可思議的是竟未看見香魚浮屍水面。不過香魚肯定是躲到河岸邊的水窪避難去了。無懼湍急水勢的男人持網下水，在水流較徐緩之處撒網撈魚。

茅蜩早已無聲無息。如今只剩鳴鳴蟬與寒蟬。不過話說回來，鳴鳴蟬這種自暴自棄的喧鬧也太誇張了。難道不吵鬧到如此地步就無法達到繁殖的目的？同樣都是鳴叫，為何就不能學學河鹿蛙和紡織娘的叫聲。更重要的是，為何不能像蝴蝶或百合花那樣靜默？

造物主在創造鳴鳴蟬時，肯定為女人大發雷霆，於是毫無分寸地亂罵一通。造物主啊，祢該感到羞愧。

小白花綻放。看似堅硬如貝殼。抱著那種想法伸手試捏。竟然柔如棉絮。我很驚訝。頓時有種難以形容的心情。

即便如此小事也能讓感情劇烈起伏。待在這裡，沒有發生任何事件足以刺激感情。

「山上的岩石就像岩石。」此句出自橫光君的旅行札記。

「女人就像女人那樣化了妝。」

驀然間，我如此咕噥，對於身在山中的我而言，此句頗有魅力。

這個村子有個鐵皮搭建的小劇場叫做天城俱樂部。我在那裡看到各種表演。特技雜耍最有趣。我喜愛看那種只要一不小心就會喪命的表演。任何女人與小孩在做那種表演時都會聚精會神一本正經。那樣的神情意外地散發某種美麗光輝。而且，連我這個觀眾也會感到精神緊張。

表演安來民謠時，尾崎君和宇野千代來了，宇野氏說她第一次聽到這種民謠，極感興趣。

今年正月，中河與一君全家來訪時，此地正在上演女子歌舞伎。中河君也曾寫在遊記中。穿紅衣出場扮演小孩的女孩在舞台上漏尿，將舞台都染紅了。而且當時劇場裡從觀眾席就可以窺見後台浴室。女演員在舞台上比一般男人更為剽悍，可是回到後台連乾扁乳房的下方有幾根淺黑肋骨都能數出來。

特技演員帶著猴子與狗。年約十八、九歲有著洋娃娃臉孔發出洋娃娃聲音的女孩，讓狗倒立走鋼索。

「夠了，夠了。真可憐。犯不著逼迫小狗也做那種事吧。」觀賞的阿婆於心不忍地說。

女孩露出洋娃娃的臭臉。

這半年來我在鄉下溫泉到底做了什麼呢？去吉奈溫泉撞球。思考種種與死後生存有關的事情。

最重要的是，我真正了解了竹林之美。

九月九日

大正十四年十月《文藝時代》

南伊豆行

十二月三十一日

走在街上冷風強勁。斗篷的寬袖飄飄如蝙蝠。臨時起意前往南伊豆。就算是為了寫〈伊豆的舞孃〉續篇，也該先去下田地區視察。我用二十分鐘時間匆匆準備，搭乘一點多開往下田的定期巴士。車子如流星奔馳天城的山路。

車子駛入山嶺的隧道。隧道北口不見茶屋。那是我在〈伊豆的舞孃〉提到的茶屋。有老太太與中風老爺子的茶屋。是那個茶屋也消失了，還是老爺子死了？我左思右想。這是我睽違八年後再次翻越天城嶺。

出了隧道南口，視野豁然開朗。可以俯瞰蜿蜒的道路如模型圖。沿著遠方的山脈稜線看去，南邊的天空明晰。心情為之雀躍。我早已忘記此地風景，因此感覺新鮮。南方的群山翠巒一重一重淡去，越靠近海面上方的天空風就越強。賽璐珞的窗子發出劇烈聲響。

車在湯野停下。湯野因春天的一場火被燒掉半個村子。八年前舞孃們投宿的小旅社，好像就在現今的汽車停車場一帶。如今散發木頭香氣的新建築林立，無從找出昔日旅社。大家上個廁所休息片刻後，車子再次出發。

出了湯野，車子再次入山後，左邊可看見海。是下河津海濱，相模灘。外海的伊豆大島邊緣在氤氳中消失緩如一場大夢。車子再次穿過隧道。

行近下田後，進入河內溫泉區。有千人浴池、露天浴池等等，但街道沿線的平凡村落之間旅館林立，因此我並未下車。右邊可遠眺蓮台寺，正在遲疑右手的三、四座小山哪一座才是下田富士，車子已迅速過了橋進入下田。

巴士在下田汽車公司的總公司前停車。這是棟相當富麗堂皇的洋樓，車庫頗為氣派。時間是三點十分。車子用二小時就走完四十三公里。

我詢問有無開往石廊崎的車。對方回答路況不佳汽車無法通行。我又問是否有船，對方說或許有。於是我去碼頭，詢問貨運工人，對方說風這麼大無法開船。我又請教了馬車乘車處。因為聽得迷糊，沒有搞清楚路線，最後只能打消念頭，折返汽車公司。

去石廊看元旦日出的計畫只好作罷。石廊崎位於伊豆南端，以巨浪拍岩的奇景而聞名。我很想在那裡觀賞海面升起的元旦旭日。我想迎接雄偉、聖潔、壯闊的元旦清晨。打從數年前起，每次來伊豆我都幻想著這件事。

無奈之下，我打算搭乘四點的公車去下加茂溫泉。茫然佇立候車室之際，行駛那條南線的三號車竟已客滿。我懶得麻煩，索性包了一輛車折返蓮台寺溫泉。掛塚屋說今日客滿拒絕了我，只好叫司機帶我去會津屋這家旅館。司機倒是很盡職地安慰我，說這樣反而比掛塚屋的待遇更好。

被帶上二樓後立刻去泡溫泉，泡完出來立刻詢問有無撞球店和圍棋社。二者皆無。蓮台寺位於田野之中，風景從以前就乏善可陳。我心想早知如此應該去柿崎的阿波久旅館。吃完晚餐聽見馬車笛音，我急忙奔向疾風中，搭乘鐵道馬車[1]去下田。下了馬車，進入下田，河口岸上燈火點點略有情調。信步走在街上，竟一路來

1 鐵道馬車：行走在路面軌道上的載客馬車。

到寂寥的原野。大吃一驚折返街上，隨意亂逛。一再經過名曰「黑船」的雜誌社及下田俱樂部這家西餐廳所在的路段。人被風吹得歪歪倒倒。不愧是有下田風範的氣派餐廳所在之地，這次又從那裡走到了海邊。不意間，看到巨大的月亮在碧波間蕩漾。是皎潔如十六晚上的明月。在這除夕的夜晚，佇立寒風看海上明月恐怕會被當成瘋子，因此我掉頭又走回街上，買了廉價的毛線手套。雖有很多廉價的妓女戶但我不需要。搭乘鐵道馬車回蓮台寺。待在屋裡，只覺南伊豆溫暖如春。

《文藝時代》新年號的十篇作品悉數閱讀。

對面房間的房客，夾槍帶棍地欺負從下田叫來的藝妓，諷刺人家有何資格坐在坐墊上。但要上床時藝妓嚷著腹痛，客人突然變得溫柔，費盡唇舌說好話。腹痛應是裝病。這真是有趣的復仇。

「不用讓我替妳揉揉腹部嗎？」

「我肚子痛。」

「肚子就在腹部。」我聽到這樣的奇妙對話。

一月一日

夢中被人搖醒。是女服務生。九點了。喝屠蘇酒，吃年糕湯。

從旅館打電話詢問開往石廊崎的汽船班次，對方說今天浪還是太高不能開船。於是，只好請旅館替我預約南下的公車。等待十點的鐵道馬車之際，抱著去參觀大日如來坐像這尊國寶的打算緩步而行，馬車正好來了，於是上車。據車掌表示——如今鮮少有大船入港。這是不景氣的證明。昨晚也是，雖逢除夕夜，僅有伊勢町及橫町的行人較多，別處不見燈火。——如是云云。

抵達汽車公司。北邊可見神社，婦孺參拜如織。我也去做了新年參拜，祈求神明庇佑文運長久。仰視匾額，原來是八幡宮。二名少女在正殿前頂禮膜拜。花街風塵女郎甚多。一群剛結束新年團拜的本地有力人士自神社旁的小學絡繹走出。距離發車尚有二十分鐘時間，我又在街上走來走去。始終沒找到八年前投宿的旅館。

十一點五十分出發前往下加茂。越過兩三個小隧道，不時可看見海。今日風也很強勁。趁著汽車稍停，我向司機詢問下加茂在何處，原來已越過一公里之遠，大驚之下急忙下車。此處位於下田西邊近十公里。在田野中走了一會，前方出現溫泉井，蒸氣自圍籬中白濛濛升起。這大概就是有名的噴水溫泉，據說溫泉噴起時足有三公尺高。沿著風勢強勁的青野川往下走。左邊出現福田屋這家旅館。繼續又走了六、七百餘公尺。紀伊國屋的旅館主建築是普通農舍，已客滿無法入住。同樣向隅的西服紳士拎著大皮箱呆立風中。最後我進了湯端屋。風勢猛烈，遮雨板幾乎都關著。溫泉色澤有點白濁。室內溫泉太燙無法浸泡，遂拖曳衣帶過橋前往村中公共浴池。旅館老闆娘吃驚地隨後追來。牛肉鍋與紅燒大魚頭的午餐索價七十錢[2]。石廊之行據說是翻山越嶺的十二公里險路。如此強風寸步難行，到頭來似乎是石廊不願我前去。

事後聽說，每逢颱風的日子，下加茂就頗為困擾。田野之間沒有美麗風光，旅館也粗俗簡陋令人無心住宿。吃了飯立刻出門。參觀知名溫室，面積倒是很大，但全是康乃馨之類石竹科的草花，花蕾微微初綻。田野中也有溫泉口，溫泉水量頗多，河岸有茂密的川竹生長宛如蘆花，或許這就是下加茂的特色？走了約莫一公里，自路旁的馬車客棧搭乘馬車。

抵達下田，再次奔往汽車公司。四點開往海岸線的車正要出發。司機主動向我問好。原來是我昨日包車開往蓮台寺的那位司機。立刻上車。車子上了山後，可俯瞰下田港全景。船隻皆高掛國旗。這條通往下河津的山路，沿路有山光海景，風光頗佳，許久未見過這般海天交界處萬紫千紅的瑰麗晚霞。距離濱橋五十分鐘，下車步行六、七百餘公尺前往谷津溫泉。見到略有幾家像樣的旅社零星散布，當下精神一振，元旦晚上終於有地方落腳。旅遊指南推薦石田屋、髫屋、中津屋皆為一流旅館，然就外觀看來，中津屋似乎略勝一籌，於是走進中津屋。建築有點廉價，但感覺不錯，總算安心。無家可歸的心情與四處旅途漂泊早已習慣，走到哪就把哪當成自家似地一派閒適，因此幾乎毫無旅途通常會伴隨出現的興奮，旅行的樂趣也因此減半，此次亦深深感到這點，甚為惆悵。

食物也還不錯。老闆原本說要過來陪我下圍棋，但我懶得等他喝完酒，於是去小劇場聽人說書，講的是村田省吉這個車夫的故事。大約一小時後歸來。

去泡溫泉時，一名年約五十的男人正在池中飲酒。

2 一錢等於〇．〇一圓。

「如果東京來的遊客占了十萬分之一，谷津也就能發展了，可惜目前頂多只占百萬分之一哪。一年平均只來個五十人左右。」

若依照他的說法，谷津一年等於有五千萬名遊客。之後他說，

「我就是敝店的老闆。不過——」這時正好有女人進來，他指著女人說，「其實那位才是真正的老闆。做旅館這一行的女權特別高張。」

村人大呼小叫似乎在玩日本花牌。這個溫泉正如老闆所言非常熱。睡覺時甚至也感到悶熱，夜裡還甩開了一條身上的被子。

一月二日

八點前起床。開往湯野的汽車於十一點五十八分出發，從湯野開往湯島的汽車十二點二十五分出發，但那樣就無暇在湯野仔細遊覽了。我對湯野風光沒興趣，但翻山越嶺來到湯島的學生們說，福田屋這家旅館有一對美女姊妹花，我很想一睹廬山真面目。於是拜託旅館的人安排去湯野的馬車，老闆娘頻頻勸說包車不划算，不如等公車或者徒步走完這僅有四公里的路程。總之我決定先離開旅館再說。房錢二

圓。這家旅館有可愛的女孩。白天溫暖得不需火盆。離海邊也近，因此視野開闊。風景也是南伊豆溫泉首屈一指。作為奧伊豆的避寒地，谷津想必是第一等。應該也適合寫作。湯島如果太冷，我打算今年冬天就來此地。這裡西餐廳不流行，全都店門深鎖。也有看似倚門賣笑的人家。雖有來宮神社、南禪寺、河津三郎[3]舊宅、賴朝旅館等景點，但我一概沒參觀。

一輛馬車經過。送行的女服務生替我上前交涉，順利上車。馬車上是一群前往湯野參加喪禮的老太太。湯野的福田屋旅館已被改建得煥然一新，毫無八年前的影子。拆除紙門於門檻上方垂掛一盞電燈供兩室兼用的稻草屋頂已成往日舊夢。旅館老闆似曾相識，昔日忠告我請流浪藝人吃飯太浪費的老太太，如今已不在人世。與〈伊豆的舞孃〉文中描述的湯野有二三不同。

替我服務的女孩的確算得上美女，體態豐麗，但她並非旅館老闆的女兒，是從蓮台寺來打工的女服務生。這才對嘛。就我記憶所及，旅館分明沒有正值花樣年華

3 河津三郎（河津祐泰）：平安時代末期武將，伊豆的豪族，是因復仇記而聞名的曾我兄弟之父。

的女兒。另一個小女孩也不是她的姊妹。一旦搞清她們的身分就沒必要再耽擱。我決定搭乘十二點的汽車越過山嶺。

雖是正月初二，梅花卻已綻放。

我曾交代旅館十二點時通知我，但被催促著趕往乘車處時，已是十二點二十五分，車子早已出發。我在候車室又碰到之前去蓮台寺的司機。這是第三次。正好有三輛開往修善寺的空車，對方好意讓我上車。二點多抵達湯島。全程近一百五十六公里，此趟簡直是汽車旅行。

橋爪惠君夫妻及其友人桑木氏夫妻，幾乎與我同時抵達湯本館，晚間一起玩五子棋、鬥球盤等遊戲。提著燈籠去街上時，巧遇小說家中條百合子氏。她大概要去村子看戲吧。聽廚師說，天城北口的茶屋果然已不再營業，中風的老爺子死了，老太太遂搬去修善寺附近的山嶺。

湯島堪稱伊豆溫泉區最山清水秀之地。

一月三日

初雪紛紛。

大正十五年二月《文藝時代》

《伊豆的舞孃》裝幀設計及其他

一如《感情裝飾》，《伊豆的舞孃》也是委託吉田謙吉君負責裝幀設計。結果吉田君說要專程來伊豆的湯島溫泉見我。為了收集裝幀設計的材料，願意長途跋涉七小時來到深山的畫家委實不多。他如此費心替我妝點出伊豆風情的就是《伊豆的舞孃》一書。

吉田君非常忙碌。二月二十五日是新劇協會第二屆公演首日，吉田君也負責池谷信三郎的作品《三月三十二日》的舞台設計，必須到場觀看首日公演。因此他當天深夜才從飯店的劇場回來，但翌日早上八點便搭乘火車來見我。那是個雨天。

吉田君一見到我，立刻轉達昨晚在劇場遇見吾友橫光利一及片岡鐵兵時二人的嚴詞吩咐。據說，二人皆囑我速返東京。我也想回東京，但東京諸友動不動就像認定我在伊豆遊手好閒似地斥責我，令我略感遺憾。

在雨天抵達的吉田君，等天氣一放晴就立刻出門散步了。那是傍晚前。他去了世古瀑布那邊，也去看了在湯川屋養病的《青空》同人誌作家梶井基次郎。吉田君說以前也曾帶妻子去湯川屋住過兩三天。入夜後，梶井君前來欣賞吉田君的望遠鏡。那是吉田君在《青空》封面描繪過的望遠鏡。

翌日二十七日早晨——我的早晨接近正午——醒來一看，吉田君早已出門寫生去了。直到下午汽車快要發車時，他還在畫封面設計圖。汽車是四點半出發，抵達東京已將近深夜十二點。而且吉田君說，明早八點就要去早稻田給建築系學生上課。他不能對不起即將考試的學生，所以不想請假。因此，他說必須在今晚之內畫好，明天去學校的途中順便把畫稿送去金星堂。

等到書印好了一看，請吉田君大老遠來這一趟果然值得。《伊豆的舞孃》穿著湯島溫泉的外衣。這個畫的是那個，那個畫的是這個……我們一一比對畫中的各種物品與實際物件為之驚呼。對我來說還有比這個更好的湯本館生活紀念品嗎？

我在湯本館住了很久。小說《伊豆的舞孃》中的我是年方二十歲的一高學生。

那是九年前。比方說《伊豆的舞孃》封面右邊描繪的白鐵皮罐裝牙粉，據說是登志這個旅館小女娃的私人用品。那孩子今年已就讀小學四年級，但我第一次來時她才兩、三歲，記得當時還見她搖搖晃晃爬上樓梯，老半天都上不了二樓。

十年來，我沒有一年不來湯島。尤其這兩三年，堪稱已是伊豆人。前年初夏至去年四月一直滯留此地，如今又是大地春回，而我從去年秋天就住在湯本館。《伊豆的舞孃》出版後寄來贈書，作者地址寫的也是靜岡縣田方郡上狩野村字湯島。即便就我第一、第二本創作集中的作品而言，《感情裝飾》的極短篇小說三十五篇中有三十篇，《伊豆的舞孃》十篇中有四篇都是在湯本館寫的。下了修善寺車站就見到熟面孔。湯島和吉奈的熟人更是多不勝數。去年春天，我要離開時，旅館的老太太就像要送獨生子出門遠行似地淚流不止。然我在秋天又回來了。

我在這家旅館不知與多少人親熱地打過交道。

京都的年輕女人隨我東京的友人一同來落合樓。我內人和他們去天城俱樂部聽安來民謠。兩個女人是第一次碰面，但京都女人在她搭於火盆上的斗篷下，毫不見外地握著我內人的手長達四、五小時。

還有，我總是多少抱著生活上的創痛，來這天城山麓十幾遍甚至數十遍。

所以，在此我想談談吉田君替《伊豆的舞孃》這本書設計的外衣——這是湯本館獨一無二的紀念品。至少我希望與我的伊豆生活有關的人們聽聽我的說明。一如對小說主角是否真有其人做出種種臆測是庸俗之舉，追究封面畫的模特兒是誰想必也是愚人所為，但是吉田君啊，請暫時容許我的感傷。

從書本封面環繞到背面的圖案，畫的是房門上方的鏤空透氣窗。這扇透氣窗就在旅館一號室與二號室之間。拉開房間的紙門，眼下便是溪流。

吉田君當時就住在二號房描摹透氣窗。遮掩那個透氣窗的是海軍上將上村彥之丞題字的「祥雲興」匾額。他曾來天城的皇家獵場獵鹿。

如今那個房間是藤澤桓夫君在養病。三月十四日，藤澤君被小野勇君攙扶著蹣跚抵達湯本館，面對我欣喜的歡迎聲，當他回答「這次我慘了」時，他的臉孔如破損的陶器疲憊憔悴。但那張臉在這山間一天比一天煥發俊美光彩。那是曾讓橫光利一感嘆「舉世最聰穎者，當屬藤澤桓夫側臉」的臉孔。橫光君的日記也曾提及，「池谷信三郎自伊豆帶回美貌。」如此看來，此間山氣竟可美容養顏？——若說我的精神思想有一脈清流涓涓，或許也同樣是湯島的恩賜。

藤澤君隔壁，也就是透氣窗南側的房間，自前天起住著河內雅溪先生。前晚大家聚在增田豐隆先生的房間下棋時，走廊對面的一號房有客人入住，老闆娘去寒暄致意時提到我，對方心生懷疑，喝了一杯後拉開紙門喊我名字，結果那人就是河內先生。

河內先生是我就讀一高時的保證人。我叔父愛好畫家橋本雅邦的畫作，與橋本的弟子河內先生也有私交，因此出面拜託他當我的保證人。河內先生乃釣魚狂人，他是專程來釣「三月咬破布頭」的櫻鱒。「三月咬破布頭」這個說法是我從按摩師那裡聽來的，據說如果穿著下擺破破爛爛的衣服站在水中，櫻鱒就會咬住破布頭（破布的邊緣）。三月四日一天便可輕鬆釣上二、三十條的櫻鱒。河內先生去年夏天釣過香魚後，似乎就對狩野川和湯本館非常中意，聽說經常帶著他珍藏的釣竿來釣魚。晚秋時他也來了，長年失聯的我連忙向他道歉，可惜當時不是釣魚的好季節。這次河內先生在第二天就釣到櫻鱒十六尾，釣手兼哥更是釣上三十尾。這位齋藤兼松先生堪稱本地釣手的老大，是釣魚高手。前年夏天我迷上了釣香魚。所以那個秋天寫的〈白色滿月〉也出現釣香魚的場景。總之會從東京大老遠來湯島釣魚，可見河內先生不愧是我的保證人。

不過，在圍棋方面倒是我堪為河內先生的保證人。昨天下午，我們在河內先生的房間初次過招，尾崎先生、增田先生、關口先生等棋友陸續進門觀戰，河內先生有點驚愕。這時有人來通報村子裡的淺田老人前來踢館，於是接著把圍棋盤移到我的房間。

不過，旅館這種地方還真可笑。若山牧水氏退房離開後，直到河內先生抵達的一小時前，我內人一直在那房間呼呼大睡午覺。

櫻鱒是僅次於香魚的溪魚。香味雖不如香魚，但也有人說滋味勝過香魚。外表相較於香魚的纖瘦更顯艷麗。第一次帶吉田君去後面的溫泉時，測量水力發電電量的人正好拎著一尾櫻鱒走進溫泉浴場。他把櫻鱒給吉田君看，但這尾櫻鱒表面的紅色、紫色及藍色的斑點已褪色。我希望吉田君想像櫻鱒美麗的外表，遂費盡口舌滔滔不絕。「這尾櫻鱒的表皮已磨損，表皮已磨損……」那人也頻頻如此替櫻鱒辯解。

許是被我們的饒舌打動，吉田君說他打算在封面畫一尾櫻鱒。但這個腹案似乎在他回到東京後有所改變。因此封面朱漆餐盤上的一尾魚是不是櫻鱒我也不知道。

說到測量水力發電的電量，前年測量人員借宿湯本館的「山田」這個房間時，很是熱鬧。我曾與那四、五人並排坐在一塊大岩石上釣香魚。當時主任吉村先生柔聲安撫患有脊髓病無法站立的妻子，那種情景歷歷如在眼前。那寂寞的腿啊。

測量結束了，但本地人抱怨此舉會影響狩野川風景，導致水力發電工程迄今仍未開始。

在我滯留期間，大興土木的是松崎街道的工程。另外也聽說西平道路開通及根來道路開通。

當時同住在湯本館的帝大學生們——那種事若真要一一寫出簡直沒完沒了。

話說回來，前年夏天尾崎士郎與宇野千代夫妻也曾在這個鏤空透氣窗房間住了一個月。池谷信三郎君也在去年秋天及今年正月暫時住過這個房間。石濱金作君待過。鈴木彥次郎君也待過。今東光夫婦自蓮台寺溫泉歸來也曾住過一晚才離開。金星堂老闆也住過。諸君想必對這透氣窗各有一段回憶吧。鈴木君來訪之事更是彷彿遙遠往昔。

上次岸田國士來時，這個房間已有人住。中河與一夫婦一月來過，但住的是六號房。片岡鐵兵曾說湯島沒文化所以堅決不去。四、五天後我要去東京參加橫光君的婚禮，這次應該可以把新婚夫妻拽來了吧。

封面在透氣窗的右側畫了四根牙刷和牙粉。最下方的罐子是登志這個旅館的小女孩所有。那上面的圓形金屬容器好像是林房雄君留下的。我聽了之後怎麼可能不微笑。如果根據他的無產階級文藝論，《伊豆的舞孃》中的諸篇作品或許會被徹底否定廢棄。林君啊，至少這個被你遺忘在旅途他鄉的空罐子替我的《伊豆的舞孃》平添了些許裝飾，不知你可有欣賞的雅量？

上方的管子和刷毛脫落的刷子是尾崎茂樹先生的。尾崎先生自九月以來便是我「可恨又可愛」的圍棋敵手。不，是我在圍棋方面的唯一學友。據說尾崎先生六歲開始下棋，他的圍棋天分似乎從小就被叔父認可。九月至四月這段期間，我沒有一天不與他談論圍棋。關於讀賣新聞報社主辦的日本棋院與棋正社對抗賽、野澤竹朝七段與鈴木為次郎七段的十回合棋賽的戰況、日日新聞報社主辦的新人淘汰賽時木谷實二段的奮戰……我們聊起這些遠比談論文學更起勁。他和我的棋力差距從九月互先[1]開始但後來變成讓我二子，到了正月我一度進步到讓先，之後又退回讓二子，兩三天前才又變成讓先。尾崎先生明早就要與關口隆嗣先生一起返回東京了。尾崎先生在信濃町解剖屍體時，我這邊可是會繼續鑽研棋技，所以等到下次手談一局時，我打算奪下白子好好還以顏色。尾崎先生的棋藝是比我高明沒錯，但鼓吹尾崎先生以有組織的方法研究圍棋的人可是我。

我也向十一谷義三郎君下了戰書，但我與尾崎先生二人不知要苦候十一谷君多久。

我的圍棋也已進步到若與普通人對局，鐵定有八成勝算的地步。棋藝能有此進步完全拜湯島與吉奈所賜。

前年我曾與郵局局長足立先生約定，如果哪天我的棋力進步到能夠與淺田先生互先，足立先生能夠與我互先，那我們就一起慶祝。當時淺田先生讓我五子，我讓局長先生五子。可是現在，我已進展到與淺田先生互先，反倒是局長先生大幅退步到讓九子。我進步了五子。算來我與淺田老人三年之間不知對戰過多少次。

這位淺田六平先生是清酒「天城」的釀造家。已屆七十歲，是個飄然若仙、樂天知命、氣質優雅的老人。天城南部我不熟悉，但修善寺至天城北部街道一帶，除了吉奈的酒屋老闆，論及圍棋技藝無人出乎其右。他的棋風雖是奇奇怪怪的自我流，但在棋盤上廝殺時有著不愧是第一流的韌性。

四、五天前的晚上，郵局的老爺子急如星火催我過去，等我與增田先生到了他

1 互先又稱分先，棋力相當的二人用猜子決定誰持黑，誰持白。持黑子者先下，在旗鼓相當時占了優勢，所以棋局結束時必須比持白子者多六目半以上才算獲勝。若彼此實力有差距，就用讓先或讓子。讓先是直接讓實力差者持黑子先下。讓子又有分讓二子到讓九子。業餘棋手的段位通常是一段差一子，依序為互先（0）、讓先（1）、讓二子（2）、三子（3）……九子（9）。

主辦的老人會一看，到場的老人有淺田先生、井上先生、郵局的老爺子，另外還有一人。

郵局的老爺子已八十幾歲，是福德圓滿的白髮老仙翁範本。上次增田先生替他畫肖像，他高興得如同襁褓赤子。岸田國士也曾與這位老仙翁下將棋，恭聽一席維新前後江川太郎左衛門[2]等人的回憶談。

我也很久未與井上先生手談一局了。去年春天倒是常去他府上，享用光男兄釣來的鱒魚。

簡而言之我是奉召來陪這些老人下棋。當然，若說我在圍棋方面最厲害，這些老人肯定不會默認退讓。

吉奈圍棋社的老闆田中又三郎先生，也是我的圍棋生涯難以忘懷之人，當時我每天搭公車、搭馬車，或是徒步走這趟不足四公里的路程去吉奈報到。而他也經常來我的旅館下棋甚至過夜。雖然他的白髮如長幅旗幟垂落旅館樓梯，人已經有點老糊塗了，但是下起圍棋時，不愧是木谷實二段的棋風崇拜者，棋力相當驚人，甚至足以與鄉下初段匹敵，所以他下棋絕非只有野性。不過，本地人被他的棋力壓得喘不過氣甚覺尷尬，而田中先生自己也不懂得適可而止禮讓客人。或許也是因此，才會導致吉奈的圍棋社關閉，不久前他已遷居三島町。但願在三島，他的棋風不會又令他人敬而遠之。

書封背面豎立的是防火瞭望台，或許是摹寫印有湯島小字的實物，位置就在帝室林野局天城駐在所旁邊。我去淺田老人的住處時曾近距離看過，那種白色極美。

走筆至此，郵局局長與村長聯袂來訪。村長說好久不見想與我手談一局。屁股還沒坐熱，局長就急著嚷嚷：

「啊呀熱死了，穿這種正經八百的衣服好悶。」已經把他的大禮服脫下了。

「那我也失禮了。」村長說著，也跟著脫下日式大褂禮服。

看著局長的大禮服，我暗自竊喜，就借這件去參加橫光君的婚禮吧。於是我先

2 江川太郎左衛門：幕府時代以伊豆為根據地的世襲地方官員。太郎左衛門是江川家代代家主的通稱。

嚇唬他：「我要借走喔。」

局長穿上大禮服，是為了恭迎恭送澄宮崇仁親王與朝香宮皇子殿下。今日澄宮親王自沼津來到湯島。於緒明先生的別墅用過午餐後，參觀了淨蓮瀑布才離去。從我的房間可以眺望緒明別墅的部分庭院。只見村長與局長興奮地站著，親王的汽車行經而過。就在二人站的地方旁邊，關口隆嗣先生正安靜地描繪庭院風景。今日那幅畫完成了，關口先生拿著畫布與三腳架離去，隨後他的妻子便取走顏料。

與村長下棋時，村中女孩送來大量筆頭菜。前天梶井君也給過我，放入雞肉火鍋非常美味，他說這種菜在他的家鄉叫做「土筆仔」。令我想起了在北攝津山附近的故鄉。今天用它煮火鍋，摘好用水洗淨後分贈給藤澤君與關口先生。

梶井君自除夕那天便來到湯島。為了校正《伊豆的舞孃》給他添了不少麻煩。〈十六歲的日記〉能夠收入此書也要歸功於梶井君，我自己都忘了這篇作品，幸虧梶井君提醒我。藤澤桓夫君如果早點來，想必我也會把〈文科大學插話〉收錄進去。

梶井君待人異常親切，古道熱腸寬宏大度。我經常與他天馬行空談論植物或動物的奇聞妙事。

《青空》的同人作家四、五人輪番來探望梶井君，每一位我都見到了。現在是三好達治君在此。淀野隆三君送了好茶來，是宇治上林茶店的千早振這種特級玉露茶。此種玉露茶是我每天早晨的喜悅。味道與香氣固然出色，茶葉在茶湯中逐漸舒展開來後，顏色更是美得難以形容。我喜歡享受茶壺中墨綠嫩葉倏然伸展的驚喜。冬天的那抹綠意於我宛如春天。春天早早便來了，滿山遍野開始萌發茶壺中那樣的嫩葉。

還是回頭繼續談書封吧。上頭繪有許多竹製水管，溫泉也是用這樣的竹管將熱水從溫泉口引入河對岸的浴池。但是封面畫的，是運送清水的竹管。右側的長水管想必是從松崎街道折向湯本館後，爬上左側石崖腹部的那條管線。湯本館的人都是飲用這條水管的水，用這水煮飯吃。流到二處室內浴池的清水也是來自這條竹管。水源就是從湯本館所在的西平抄險峻的近路上去驛站時，途中經過的山麓流淌的清澈小溪。

橫越封面上方的水管好像是供給緒明別墅清水的竹管。似乎是從湯本館來到街道時，立刻出現在左手邊像門一樣架設在街道上方的竹管。也有右邊描繪的那種石崖。

右邊下方畫的是浴池，左邊水管下方畫的是水槽。這種浴池與水槽在湯島很多見。

封面後面的四方形物體或該稱為蓄水池。這是用來將遠處引來的水分送到多戶人家水管並且過濾的木桶。此物位於湯本館通往街道的大野屋旅社及安藤商店梳頭師傅的家之間，一旁種了一棵小杉樹，旁邊就是安藤製材所，木頭的香氣濃郁。這種氣味據說總讓藤澤君想起圍棋盤與將棋盤，接著就會想起他父親。

水桶下方，浮在雲水之間的，就是《伊豆的舞孃》中舞孃用的紅梳子。

封面下方的秋千老舊得可悲，位於湯本館後面的沙洲。握著繩子的不知是何人之手？我見過許多人盪秋千。就連這微不足道之物，於我都是回憶深刻的畫卷。千里迢迢來見我的女人，到了傍晚，就會搖得秋千吱呀作響，令我備感寂寞。關口先生也曾讓九歲的女兒坐在秋千上並畫下那一幕。

我第一次看到描繪湯島的畫作，是很久以前在前銀座後巷的春天咖啡屋，出自石川寅治氏之手。畫的就是在這秋千所在的沙洲下方，溫泉瀑布的岩石浴池中兩三名女子戲水的情景。此地常有畫家來訪。之前鈴木信太郎先生與關口隆嗣先生、增田豐隆先生就在我隔壁的三坪房間喝酒高歌大肆喧鬧。

畫面左下角的便橋，是從湯本館沿著松崎街道走到西平外圍後左轉拐進小路，架設在狩野川上的橋。狩野川素有「魔鬼狩野川」的渾號，只要雨水一多，就會河水暴漲沖走橋梁。所以諸位瞧瞧，這座便橋的木板不是還綁著鐵絲嗎？靠著這些鐵絲，好讓橋板能順著水勢浮動。便橋通往山間，也是去吉奈溫泉的捷徑。為了釣香魚玩撞球下圍棋，我不知走過這座橋幾百次。到了夏天，也有釣香魚的人在橋上垂釣。

內頁插圖是室內浴池的古老鏡子，就在陳列牙刷的架子旁。這面鏡子總是被蒸氣弄得模糊，映出無數男男女女扭曲的裸體，比我待在湯島的時間更悠久。然我在湯島也已經待太久了。不如換個新地方吧。

《伊豆的舞孃》此書穿的外衣說明到此結束。最後一提，我寫出的男女姓名大概有上百人吧。

明日尾崎先生要去東京。關口先生也去。眾人齊聚聊到深夜二點，關口先生的女兒身染微恙，困倦的妻子鑽進了放棉被的走廊壁櫥呼呼大睡。

而今晚，溪流第一次有河鹿蛙鳴。石楠花也將綻放。

昭和二年五月《文藝時代》

伊豆印象

今天是五月七日。伊豆的天城地區想必正值石楠花怒放的時節。石楠花是天城名產。兩三年前《日本詩人》同仁去伊豆旅行時，也熱烈吟詠過石楠花。這種高山植物在一般土地據說頂多只能長到一公尺上下，但在天城，偶爾也會茂密生長到四、五公尺的高度。換言之，適合本地水土正是它成為名產的理由之一。

我所見過最大的石楠花，是在吉奈溫泉的東府屋旅館院子。據說女作家樋口一葉曾在此落腳，也流傳著關於一葉的怪誕傳說。這棵歷史悠久的大樹生長在貌似涼亭的偏屋附近，不僅在吉奈，想必在整個伊豆地區也堪稱名勝之一。光是為了看這大樹開花，來伊豆一趟已值回票價。

可以說如果不在石楠花開的五月去伊豆，就無法認識伊豆。山間溫泉從春天到初夏、從秋天到初冬的季節風物變遷都很有意思，況且溫泉水質浸泡的感覺也最舒爽，但那時每家旅館幾乎門可羅雀，說來還真諷刺。夏天並非觀賞植物的季節。

也有人說天城之花應該是「八丁池的花菖蒲」。這是佐藤惣之助氏滿懷深情歌詠的。從湯島溫泉走八公里路進入天城山區後，周長八百多公尺的水池中開滿花菖蒲，正因是在海拔六百公尺的山中，才有如此夢幻的美感吧。

另外，棲息在這個池子的蛙類會爬樹產卵，因此也廣為動物學者所知。

商科大學的大塚金之助氏曾經專程來這個池子溜冰。在湯島去土肥溫泉翻越山嶺的途中經營杉林的人，聲稱曾在那片杉林試過滑雪，但我不相信伊豆的山區能有什麼像樣的滑雪。

據說那個人的住處院子會有野豬來挖蚯蚓。而且他說野豬還會像鼴鼠一樣鑽到土裡吃竹筍嫩芽。不只破壞竹林還糟蹋農作物，因此村民向林務局陳情，由林務局出面架設鐵絲網。但鐵絲網眼過大留有漏洞，小野豬仍然經常鑽過網子爬進田裡，於是大野豬為了保護孩子會瘋狂撞破鐵絲網緊追孩子而來。到了早上，據說還曾看到網上沾著大野豬的鬃毛與鮮血。

比起野豬，天城山區的鹿更多。這是因為有宮內省保護。最近天城獵場的管理由宮內省移交給農林省，也對一般民眾開放進入了。我記得門票高達二十五圓，除此之外還有種種規定，不過想必獵鹿會在不久的將來成為有錢人的新興運動。

談到運動，據說奧伊豆將要興建廣闊的高爾夫球場，打造大型遊樂園。如果不這樣做，奧伊豆無論是當成遊樂園或旅行地點，似乎都不太有希望。

奧伊豆，也就是天城以南的伊豆，有湯野、河內、蓮台寺、下加茂、谷津等溫泉，但只有谷津溫泉還不錯。其他地方都沒什麼美麗的自然風景。蓮台寺自古以來便頗具盛名，離下田港口也近因此最繁華，卻也只是在狹小的野地蓋滿溫泉旅館，毫無風情可言，感覺比長岡溫泉更像簡陋的組合屋。離海近的也只有谷津溫泉。谷津在我去過的地方當中，和三河的蒲郡並稱冬天最溫暖之處。正月初二蓋二床被子就會熱得睡不著。總而言之，如果想看奧伊豆的溫泉，只要花一兩天時間搭乘公車走馬看花就夠了。而熱川溫泉可從旅館房間看到美麗海景，山間風光也很明媚，可惜交通不便，只能從伊東溫泉坐著山村少女牽的馬過去。

南伊豆的好處在海岸線。同樣只能沿著海濱一步一步走去。半島南端的石廊崎是伊豆的絕妙勝景，可惜浪濤洶湧，下田港口的船隻經常無法出航。下田港風光也和小調歌詞聽到的大不相同。街上根本沒有傳言中家家戶戶倚門賣笑的熱鬧景象，下田的街景陰暗荒涼。下田姑娘大抵都會賣身的傳言也是騙人的。無論是藝妓或其他女人，據說泰半都來自附近村落或輾轉流浪到此地。下田的姑娘甚至曾為了捍衛下田的名譽對我發脾氣。不過，那個姑娘據說在十六歲時獨自搭乘一艘船上近三十人清一色是男性的鮪魚船去鹿兒島，然後又搭鮪魚船回到下田。去鹿兒島的途中似乎沒有在任何地方上岸，所以她對那次旅行的印象，只有白天的海面及夜晚從海上看到的港口燈火。這讓我想起俄國作家高爾基的《二十六人與一名女子》，於是我不禁仔細打量女孩，但她敘述這個故事時神色泰然自若。而且平日她是個很文靜的女孩。想必她的心中也藏著南方海邊姑娘的氣質吧。

旅行家的敘述不可靠。在伊豆閱讀伊豆的遊記，一般人通常會寫些假話。吉田絃二郎氏來吉奈時的文章中寫到，當地小孩會爬上無人的馬車玩耍，還說那是當地小孩唯一的樂趣，氣得湯島的郵局局長大罵他瞧不起人。在我看過的吉田氏文章中，他嘖嘖稱奇地提到那一帶的房子屋頂上還有像是抽氣用的小屋頂，但那其實是養蠶的必要裝備，明白這點後，文章看來就顯得格外可笑了。連遊記作家田山花袋都出過錯。說來說去，當代人物還是沼津仙人若山牧水歌詠伊豆的和歌寫得最好。另外，比方說赤松月船君評論我的《伊豆的舞孃》，曾對我說，「你寫出了深諳竹林之美的美感」。令我大樂。只要走進湯島一步，任誰都會懂得的正是竹林之美。或許是因為待得太久，我對「伊豆」這字眼已不再抱有幻想。

不過，我經常遇到四處旅行的人感慨還是伊豆最好，紛紛表示要來伊豆，由此可見伊豆的確好吧。而且那種人和足跡踏遍伊豆的人通常也跟我一樣，都說還是天城北麓好。

旅途中看見早熟的女孩談戀愛最是感傷。兩三年前我趁著徵兵檢查順便去紀伊地區旅行時，看到一名與人私奔的女子在御坊這個安珍與清姬道成寺傳說[1]發生的

1 日本自古相傳的紀州傳說。據說清姬愛慕僧人安珍，遭到安珍背叛後憤而化為大蛇，在道成寺殺死安珍。

地點被逮到，與我坐同一班公車被帶回田邊漁港，女孩年方十五。上次與男人躲在湯島旅館的女孩也是十五歲。她每晚準時八點就寢，繫著黃色男用腰帶。旅館的老太太痛心地一再說好可憐好可憐。深夜二點左右我去溪畔的池子泡溫泉時，撞見她眼神悲哀又疲倦地與男人泡在水中動不也動，甚至有種奇怪的氛圍。她那稚氣如孩童的胸前，乳房被迫提早發育，令我瞠目。

昭和二年六月《文藝春秋》

溫泉女景

在東京會館舉行的婚宴，最後一道甜點也上完了，賓客們擠在休息室，彷彿搭乘張燈結綵慶祝下水典禮的船隻，沉浸在歡樂氣氛之際，回到新娘化妝室的新娘子正在洗頭。美容師替她吹乾頭髮重新紮起後，便要展開新婚之旅。他輕拍新郎的肩膀，自己先臉紅了。

「老弟，你們還是決定去伊豆溫泉嗎？」

「嗯。我們打算從熱海繞道伊東，然後去山中溫泉。」

「可是，那種行程太普通了吧？應該去更清淨——」

他說到這裡突然噤口不語。哪裡才是適合新婚夫婦蜜月旅行的清淨樂土？難不成他想叫新郎新娘去海底龍宮或天上月宮，化作水晶人偶？

「比方說搭乘歐洲航線的客輪去下關一帶，或者在信州山區露天野營——那種旅遊方式不是更新鮮更讓人印象深刻嗎？」

新郎但笑不語。還有什麼比新娘子更新鮮更讓人印象深刻——不過，或許正因如此，他才想說。

他想說，「在一夜之間裸露那新鮮的印象，豈不正是最清純聖潔的新娘？」

開往熱海的末班火車七點發車，因此從國府津到那邊的二十七公里海岸線行程，新婚夫妻是搭乘汽車。在猶如蝙蝠展翅的漆黑森林出口，車子猛然一個急轉彎，彷彿要衝進月光下的海面，新娘被甩到丈夫身邊。

「搞不好真的會衝進海裡喔。我聽說司機經常會在黃昏或月夜產生幻覺。還有載著美女乘客時好像也經常出車禍喔。」

「天啊！」新娘面露驚恐，丈夫第一次摟住妻子的肩膀。漁火點點的海岸線遠方，只見月色朦朧。

躲在深山溫泉旅館的戀人們看起來最寂寞。溫泉之戀也最令人心痛。女孩大概才十四、五歲吧，繫著黃色男用腰帶。在旅館登記簿上寫的是妹妹，但是女服務生

去替他們鋪床時，

「一套被窩就夠了。」男人如此吩咐，事後女服務生悄悄在房間之間散播這個八卦消息。少女像膽怯的小鳥躲在鳥巢始終未出房門一步。他在深夜二點多去浴池時，那對戀人正避人耳目偷偷泡溫泉。少女靠在池邊身體後仰，撐著雙肘，伸長的雙腿一邊開開合合一邊拍打熱水，但當她一看到闖入者，立刻坐直身子雙臂遮胸。而且直到他離開浴池為止，少女一直僵硬地蜷縮在浴池邊呆坐，不肯抬起頭。等他一走，立刻響起少女稚氣開朗的聲音：

「我幫你搓背。」

他心痛地前往河岸。少女的肩膀，乳房，還有——僅僅十天之間，她那宛如小樹般健康伸展的纖細身體，居然已膨脹成撩人的性感風情了。——正因回想起那可怕的變化，他才想勸新郎別去溫泉。

只有那個少女的房間，一到八點便可從河岸看見白色的蚊帳。每晚手持團扇聚集河岸涼亭的浴客之中始終不曾出現的，只有那二人。女孩們拿著彩紙包裹宛如美麗玩具的西洋糕點來。也帶來各種煙火。

「這是你們的感情範本嗎？」有人忍不住這麼揶揄。

女孩們朝著飛越溪流的螢火蟲發射煙火砲彈。

「也給我一枚。」不拘小節的畫家隨手對著二樓窗口發射，沒想到，火花竟然彈進那對戀人的房間，白色蚊帳起火了！河岸的人們驚呼著衝進少女的房間。只見少女茫然的雙眼挑起，慌慌張張踢開裙襬繞著燃燒的白蚊帳跑來跑去。

翌晨這對戀人就從旅館消失了。

當時買來煙火的少女之一，如今已然出發去蜜月旅行了。當時這個表妹還比蚊帳被燒掉的少女大一歲，那是何等清純的裸體啊。她也像來溫泉的所有女人一樣，起初一再去浴場窺探有無浴客，

「還是不行。有男人在。」她說著悵然而返，但過了四、五天後她已不再畏懼男女混浴，他反而想把她藏起來不讓男人們看到。

如今她蜜月的第一晚應該是下榻熱海山腹的萬平飯店。飯店每個房間都設有接了溫泉管線的浴室。

或許其中不知第幾天，她會這麼呼喚新夫婿：

「你不來泡嗎？溫泉很舒服喔。」

他想，在那之前先去月宮化為水晶化石吧。

無論是哪個溫泉總有海洋或溪流為伴。在水流較湍急的水潭戲水的村中孩童，玩累了就蹲在對岸的岩石間休息。

「為什麼大家都要去那塊岩石？」

「因為那裡有溫泉湧出。每到冬天，候鳥經常停在那裡，所以有人看了起意去抓鳥，過去一看才發現有溫泉冒出。那是小鳥的溫泉。」孩子如此回答。

在溫泉瀑布洗髮的她——溫泉瀑布其實是鑿開淺灘中形如大象的岩石，架設竹管引溫泉入池。溪流可以游泳，因此她請人從東京寄來泳裝。穿著泳裝洗髮的她，順手取來附近的藤蔓綁住頭髮，越過急流去小鳥溫泉。眼前青草叢生，還有冬天可以滑雪的美麗斜坡。穿過雜樹林往那片青草地時，她迎面遇上肩負背包的青年。

「請問一下。」

「啊！」她既驚訝又為自己的怪模怪樣感到丟臉，無法掩藏泳裝胸口的顫動。

「要去溫泉旅館該怎麼走？我是翻越山嶺過來的，本想抄近路結果迷路了。」
「就在這條河對面。你要直接涉水過河嗎？或是繞路過去？」
「妳呢？」
「我？——我這副打扮，怎麼能走大馬路。」
「那我也涉水過河好了。」
急流強勁的彈力撞擊她的雙腿，她只能緊抓青年的手杖。
「你是來採集高山植物嗎？」
「不是，我只是隨便在山間到處亂跑。」
「可是，你身上有種高山植物的氣味。另外，也有高山的泥土與岩石的氣息……」
「若要這麼說，那妳身上有溫泉的氣味喔。對於一整個星期都在攀爬岩山已累得半死的我而言，那種溫泉的氣息，就像母親的氣息一樣令人懷念。」
高山植物與岩石的氣息——僅只是因為這樣，她便決定與這登山青年乘坐同一輛馬車，從這溫泉高原下山去。

「我們把窗簾掀起來吧。」她說著，將馬車的窗口對著群山敞開。青年朗聲吹起口哨。——人稱山的彼方住著幸福——非得是這首歌不可。她嫣然微笑。青年說：

「對我來說這首歌唱的是真的。」

在溫泉旅館聆聽女服務生們的悲慘身世最愚蠢。反正那都是從鄉下來商家打工賺錢的女孩，泰半有一兩樁家庭或愛情悲劇。不過，如果待了一整個月都沒跟她們開開玩笑，說不定會被尖銳地挖苦：

「女孩子在替您鋪床疊被呢。」

不過總而言之，她們都一樣把「世故」當成世間最大的罪惡而心存畏懼，安安穩穩住在家中的少女們恐怕無法想像這種事吧。我甚至懷疑，女人離家出外工作，其實純粹只是對抗「變得世故油滑」的艱苦戰鬥？

一名自稱就讀東京女子醫護專校的女人來到山中溫泉，驕傲地吹噓自己這輩子定要斬獲千名愛人。她就像火車站剪票口的站務員，好像不替每個來溫泉的男人都剪一下票，就誓不甘休。

「『千人斬』現在去河岸了，你們快去吧。」旅館的女服務生風風火火跑來村子的公共浴池通風報信。於是村中一票年輕人爭相攀爬後山，紛紛朝著在河岸幽會的那個女人丟石子。女子逃跑時不慎在岩石之間夾住腳，扭到骨頭。但女服務生對她毫無同情之意。

這個年輕的女服務生十一歲時死了母親，一手將當時剛出生的弟弟拉拔長大。她會收集旅館客人的菸蒂寄給她的父親，同時靠著微薄薪資養活生病在家的父親。他早晨四點左右去泡澡時，只見女孩從池中露出上半身趴著睡覺。

「賣貨郎又來了。我打算在這裡待到早上……」她說著用二根手指勉強撐開眼皮，但是笑得很開朗。

賣貨郎是每月月底遊走各村落收貨款的小商販，只要喝醉酒必然會潛入女服務生的房間，這個毛病已持續十年之久。女服務生們絞盡腦汁各出奇招展開臥榻防衛戰，有的在床上放假人，有的放荊棘，冬天還有人偷偷在被窩放冰袋。靠走廊的房門上了鎖，他就去爬屋後的窗戶。即使那房間睡的其實是個阿婆，不知情的他鑽入之後，到了早上抓抓頭就當沒這回事了。他的闖入被當成每月一次的遊戲，不知不覺女服務生們也麻痺了，如果還沒有麻痺，就得睡在澡堂。

不料，這樣守身如玉的小姑娘竟像夏天的候鳥——用候鳥形容比較詩情畫意，就在夏天溫泉旅館生意最忙碌之際，被不知從哪像野狗一樣流浪來此的年輕男人拐騙，逃離了溫泉旅館。秋天時不知從何處寄來一封信給他。

「啊啊，懷念的山間溫泉啊，我悲哀的旅途天空，昨日西，今日東……」

那肯定是她在溫泉旅館工作時，從大眾刊物《講談雜誌》看到的美妙文章。而且根據輾轉傳來山中的流言，她被男人帶著四處流浪，最後竟被賣掉了，果真是風言風語。

揚言要斬獲千名愛人的女子是某種娼妓。當日對她丟石子的小姑娘，同樣成了娼妓。唯一的差別只在於，一個是活得無怨無悔的女人，一個是終日活在後悔中的女人。不過，這個小姑娘曾經對抗「世故」的苦痛，如今想來到底有什麼用？

帶有都會風情的溫泉雖然表面上區分為男湯與女湯，卻有種走廊胡亂扔棄長襯裙的脂粉味。此外，也有種一抵達旅館就會被老實不客氣送上小費帳單的感覺。不過，沒有哪個溫泉區擁有現代化娛樂場所的健康設備。都是來大都會郊外開房間偷情的。流浪藝人也一年比一年少，古老的情趣逐漸淡去。

長弓、打靶、撞球、圍棋社、類似東京兒童公園那樣的遊樂園、溫泉豆、溫泉煎餅、溫泉染布等等特產——看到的全是那類東西，就連稍有現代化之名的溫泉泳池，也和自古就有的千人大澡堂如出一轍，飯店設備與都市的飯店無異。如果沒有清新健康的娛樂設備，房客（尤其是婦女）只會感到無聊。旅客們被千篇一律的浴衣和溫泉氣味籠罩，把整間旅館當成社交俱樂部，不時還會有走調的戀情發生，只能對日本溫泉業者的毫無創意瞠目結舌。唯有學校放假，女學生們踩著小蹄子似的步伐湧入時，才是溫泉區的健康季節。其他季節大概都是病態的羅曼史吧。

長期待在溫泉旅館，目送乘載著新浴客的馬車逐一離去，唯有自己被留下的落寞感，或許有點類似沒孩子的婦女所心懷的那種寂寞吧。至於號稱有助於生子的溫泉——那裡一年四季都是女人最多的溫泉，被渴望成為母親的女人心擾亂，往往是瘋狂羅曼史終年不絕的小鎮。

昭和三年八月《婦人公論》

若山牧水氏與湯島溫泉

九月十七日早晨，若山牧水氏於沼津千本松原的家中去世。對此，我想起的是當日各家晚報刊登的故人遺照帶來的種種聯想。

正如故人師從的尾上柴舟氏的追憶，「可愛的娃娃臉如在眼前。」牧水氏的圓臉有種堪稱詩歌之魂的童心，具有柔和美感。不過，也有詩歌之道的智慧那種莊嚴美感。簡而言之，令人聯想到帶有東方式頓悟的木雕佛像。圓溜溜的光頭，下巴有點小鬍子，朝日新聞的照片中，從牧水氏敞開的胸口可以看見白色襯衫，我不禁想像他的下半身應是將粗布衣服的下擺撩起塞在腰間，穿著白色衛生褲的小短腿趿拉著草鞋，像個種田的老農夫從山裡歸來——那是伊豆湯島溫泉的山路。

我在湯島溫泉前後加起來足足待了三年時間，近年來有許多文學家來旅遊，但真心歌詠湯島的，我想還是牧水氏。不只是因為他就住在附近的沼津，想必他也特別喜愛湯島的風土人情。他的和歌集《山櫻之歌》眾所周知，留下歌詠湯島溫泉的大量作品，堪稱湯島歌人。

即便在我滯留期間，牧水氏也每隔三個月或半年就會帶喜志子夫人及弟子們來一次，而且每次必來湯本館。長期以往，和旅館員工也相處得非常親近。

他被稱為酒仙，甚至因酒而壽命縮短，因此只要抵達旅館，當然會大開酒宴。有趣的是，舉杯之前他習慣先用白紙折出簡單的御幣[1]，插在酒瓶上擺在壁龕當裝飾。我經過走廊時窺見那御幣，深感牧水氏的酒仙風範。酒宴總是很熱鬧。他的朗誦被齋藤茂吉氏形容為「牧水非常擅長吟誦和歌，喝醉之後更加動聽。清朗又帶有哀調的朗誦，尤其在秋月的夜半時分，好似要將在場眾人的魂魄全帶去九霄天外」，還有同行少女們所吟唱的童謠，連旅館的女服務生們也被吸引到走廊聚集聆聽。

如此看來，牧水氏似乎很幸福。他享受和歌，享受美酒，享受旅行，也親近大

---

1 御幣：神道教祭神用的幣帛。通常用白紙折成幣串插在竹棍或木棍上。

自然，受人愛戴。沼津及附近居民好像都對他敬若神明。甚至還有傳聞說沼津的餐飲店沒有一家不認識牧水氏，似乎極盡醉態之能事。也有傳言說他的弟子們集資準備替老師蓋房子的錢也被他喝光了。不過，弟子們再次盡力，蓋出了氣派的房子，牧水氏就長眠於此。

旅館的酒宴，只是用朗讀與童謠炒熱氣氛，醉醺醺走過走廊時還記得有點難為情地低著頭，無法真正看到他的醉態。唯一一次，櫻花開時，前任郵局局長等人在山頂上大開賞花宴，眾人皆爛醉如泥，牧水氏也手舞足蹈像小孩一樣興奮，最後甚至宣稱要從綠草如茵的美麗山腹滑下去。大家都想攔阻牧水卻站不起來，其實是酒精已麻痺腦袋，壓根不覺得有那麼危險，就在眾人吵吵鬧鬧之際，牧水氏已折下松枝，夾在雙腿之間墊在屁股底下，當成雪橇似地滑落數十公尺長的陡峭山坡。——局長的兒子屢屢仰望那座山告訴我，他每次想起當時情景都會冒冷汗。

除此之外，我在湯島還聽過牧水氏的種種小故事但大抵都忘了。立刻清晰想起的還是他撩起衣襬露出白色衛生褲自山上歸來的模樣。相較於喜志子夫人的挺拔身材，牧水氏個頭矮小，看起來比實際年齡更蒼老，像個農民，也像村中老夫子，看起來就很寒酸。要是沒有那張娃娃臉的莊嚴美感，簡直無法相信他是知名歌人。不過，那是旅人的風貌，是染上旅途風采的前額，僅僅是錯身而過的一瞥便可感到現代西行[2]的滄桑風貌。雖已忘記是什麼季節，但自山中歸來的牧水氏，手捧的不是華麗花束，是質樸之花。

昭和三年十一月《Sunday每日》

2 西行（1118-1190）：平安末期至鎌倉初期的武士，後來出家為僧，周遊諸國修行。

伊豆溫泉記

1　南國的模型

浴池有自然成形的岩石毫無雕琢地環繞，就像奇岩聳立的山溪水潭。「那裡還站得住嗎？」女人戰戰兢兢抓著邊緣的岩石，不敢輕易往池中走。只要一不小心沒踩好，就會立刻沉下去。換言之，這個浴池偷懶，省去了底部填滿小石子或架設木板的程序。

不過中間還是意思意思地豎起木板，隔成男湯與女湯，但男人只要潛到水下游泳過去，便可碰到女人的腳，當男人猛然浮上水面，女人們尖聲叫嚷一陣騷動。男人便又潛回男湯去了。

如果想在旅館包伙，只有一兩人的話旅館通常會嫌麻煩不肯答應。只能自炊，不過一個房間若一天給個二十、三十或五十錢的小費，舉凡小毛巾、風景明信片、香皂、魚乾等旅館有的東西都會如數奉上。加起來的價錢說不定比你付的小費還多。而且，還能享受有人替你提行李走好幾百公尺的服務，更別提旅館的人還一臉誠惶誠恐。

以上描述的是鉛溫泉。那是從盛岡的花卷溫泉再往山裡走的溫泉。伊豆也是——尤其是奧伊豆，更是洋溢野趣。不過，再也找不出比鉛溫泉更樸素的溫泉。

此外，我曾聽說在某地的溫泉，浴池中央會架設板子，藝妓和客人可以一邊泡溫泉，一邊對坐在這不可思議的餐桌前飲酒。

伊豆沒有這種別出心裁的溫泉。比方說，熱海溫泉整個小鎮都有風月場所的氣息。伊東溫泉雖然沒有被都市氣息洗禮，但色情交易比熱海更明目張膽。

伊東的音無森，每年十一月十日晚間都會舉行揑臀祭。信徒們當天不唱歌不彈琴，去神社參拜時也禁止提燈籠。眾人就在無燈無言中進行祭典儀式。所以飲神酒時，是依次捏臀部把酒杯傳過去。

「偷偷傳遞的應該不只是酒杯吧。」任誰都會這麼想。

昔避人相會今成捏臀祭

神明若有知亦忍俊不禁

（高崎正風）

據說古時候，謫居的源賴朝與伊東祐親的女兒八重姬就是在這個森林偷偷幽會。因為不敢出聲，才命名為音無森——附近還有音無川、不鳴瀨等等地名。

總而言之，捏臀祭不是伊東的特有產物，是很多地方都有的奇特風俗。

「與萬葉時代男女在祭典互相唱歌求愛的習俗一樣——近江的筑摩戴鍋祭也很有名，但也有人說那是上古時代亂婚的遺風。」

「或許吧。不過，那種祭典在伊東，好像並未表現出當地特色呢。」

不過，像雪國某溫泉那樣旅館堪稱就是娼家的溫泉，伊豆倒是沒有。

此外，下田的耆老村松春水在唐人阿吉[1]傳中，將下田寫成美人國。這是替家鄉大吹法螺。伊豆姑娘其實只具備關東地區一般村姑的姿色。

若以為只要來一趟伊豆溫泉巡禮，所到之處皆有海濱少女或山村姑娘熱情歡迎旅人而準備來一場豔遇，那就大錯特錯了。甚至可以說正好相反。在天城以北，狩野川流經之地，也就是所謂的口伊豆，這種情形更明顯。

本來伊豆地區早在神龜元年就被定為流放之地，專門流放重罪犯人，是距離都城遙遠的放逐所。東海道的箱根路線開通是在平安王朝初年，但當時人們還是習慣選擇走足柄道，因此當時肯定是人跡罕至的地方。根據最早的歷史記載，天武天皇時麻績王的長子乃至後來的名人被流放者不計其數。

那個可怕的流放荒地，曾幾何時，不知何故，竟成了人們心目中詩的國度，吸引無數騷人墨客。

「當然，伊豆開始變得生氣蓬勃，是源賴朝在蛭小島興兵起事之後。他把政治

1 幕府末期的真實人物，本名齋藤吉，是伊豆下田的藝妓，曾做過美國駐日首任總領事哈里斯的侍妾，以唐人（洋人）阿吉的稱號聞名。

中心從遙遠的京都遷到距離較近的鎌倉。地理學者志賀矧川先生曾說，若要尋求日本歷史的縮影，就在口伊豆。」

「像這種史蹟與傳說，伊豆實在太多了。就像被迫坐在陳列了百種乾貨的餐桌前。這年頭為了尋訪名勝古蹟來伊豆的人，一千人之中不過一人吧。較有新鮮趣味的，頂多是幕府末年下田開港時與洋鬼子的交涉，以及江川太郎左衛門的活躍事蹟。因為當時年幼已記事的耆老，會講述太郎左衛門的種種故事。」

人們肯定心想，「比起那種往事還是溫泉更重要。」

甚至民間還有一種說法，伊豆（IZU）這個地名就是來自溫泉「湧出（IZU）」的發音。海岸線長約二百二十公里，面積千餘平方公里的半島上，有二十四處溫泉湧出。換個方法計算，是三十三個溫泉。有十二村三鎮都是溫泉區。

溫泉勝於傳說。地理勝於歷史。比方說，有人表示，修善寺若是富於歷史的溫泉，熱海就是以地理取勝的溫泉。熱海的勝利肯定是地理上的勝利。

不過，一開始提到的那個溫泉還沒有奇特到令人驚心動魄的程度。伊豆之所以成為詩的國度，風景的因素遠勝於溫泉。因為這是兼具山光與海色的半島。

「不過，日本三景、日本新八景好像都沒有伊豆在內吧？」

「問題是，你要把欣賞風景的眼界稍微放大。起碼也要把伊豆半島全體縮小成一個景色。這樣的話，或許就能成為新三景之一了。也有消息說要把伊豆規畫成國家公園。此地的確很有公園之感。伊豆是富有各種美景的模型。」

而且，伊豆讓人感到是詩的國度的首要原因，就是因為它是南國的模型。曾有人說，把紀伊縮小就是伊豆，若將紀伊比作南國的大模型，伊豆就是南國的小模型。

在伊豆，有山茶花，柑橘、鰹魚船、石楠花、海洋風光、鹿、茂密的南方植物、河鹿蛙……

石楠花是高山植物，但在天城，猶如南方的花卉盛開。熱海地方法院的院子裡，仙人掌長得比我的個頭還高，看起來茂盛強悍充滿熱帶氣息。

伊豆的山海有男性氣質，也有更多女性氣質。是南方的男與女，而且像人偶一樣可愛。

2　觸感與氣味

泡溫泉當然是光溜溜地浸泡，所以是觸覺的世界。是肌膚體感的喜悅。溫泉也有各種膚質，就像女人一樣。

我所知道的伊豆溫泉中，觸感最好的是長岡。我記得當時住的旅館是大和館。水質猶如蛋白，滑溜溜黏答答。女人浸泡之後肌膚會變得更細膩，感覺特別光滑。當我這麼告訴常去長岡的人，他也說（或許只是客套話），「好像真的是這樣喔。」

但溫泉的功能解說牌上，並未提到可以美容養顏。

不過，比方說伊東的淨池，就豎立著「天然紀念物淨之池特有魚類棲息地」的石碑。據說池中棲息著湯鯉、橫紋魚、花身鯻、蛇鰻等等被指定為天然紀念類生物的奇怪魚類。池水溫溫的，換言之是溫泉，所以才能繁殖特有魚類。

比方說船原，那裡的溫泉水質就像有皮膚病的人。而且那個溫泉偏偏還專治皮膚病，真是不可思議。去鈴木屋旅館的室內浴池，只見渾身皮膚病令人不忍卒睹的男人，而且水質彷彿也有皮膚病似地漂滿水垢，水色黃濁，嚇得我立刻奪門而出。

回到房間後，又碰上一個甩著亂髮、頭頂剃光了一大片還綁著冰袋的歇斯底里女人，面色猙獰隔著走廊瞪著我看。當我走到走廊上，本來在做日光浴的男性結核病人朝我搭訕。

我以為這輩子死都不會再去船原。然而，兩三年前興建飯店後，已與當時截然不同。我認為除了熱海以外，只有這裡的西式飯店絕非徒有其名。

此外，湯島的西平溫泉，有著天城山氣特有的嚴苛觸感。

至於熱海的溫泉水質，帶有黑潮的暖流。

然而我個人認為，溫泉的氣味重於水質觸感。

若就湯島而言，在天城街道下了公車，只要朝往下山谷的道路邁出一步，便有溫泉氣味伴隨潺潺水聲飄來。我滿心懷念拔腳奔去。換上旅館提供的棉袍後，把鼻子埋進袖口，深吸棉花浸染的溫泉氣味。整個人沉在浴池中，深吸溫泉的氣味。

「討厭這個味道嗎？那表示你討厭溫泉。——就像老菸槍享受香菸的氣味那樣，仔細分辨各種溫泉的不同氣味吧。」我對同行的友人說。不過伊豆好像沒有氣味強烈刺鼻的溫泉。

不只是溫泉本身的氣味。溫泉區是天底下氣味最複雜的地方。有岩石的氣味，樹木的氣味，牆壁的氣味，貓咪的氣味，泥土的氣味，女人的氣味，菜刀的氣味，竹林的氣味，神社的氣味，馬車的氣味……溫泉讓人感受到種種氣味。即便是在東京的公共澡堂，洗完澡出來時鼻子也會特別敏銳，這是同樣的道理。

「那個女人如今啊——」我經常這麼形容，遭到友人取笑。溫泉旅館的確會讓人感到女人的氣味。在溫泉待久了，即使離開溫泉後那個氣味也會縈繞鼻腔。

大概就像女人即使穿著臃腫，還是會像在澡堂相遇時那樣，一眼便看得出她的體型。

嗅覺格外敏銳的法國作家莫泊桑就很喜歡溫泉。

3　男女混浴

「在所有的溫泉土產中，感覺最差的是——」我問。

「女人的裸體——換言之是印有澡堂裸女圖的毛巾吧。更何況還是彩色繪圖——」

見對方露出曖昧笑容，我又說，

「畫家之中也有格外用心的人，比方說石川寅治，還專程把女模特兒拉去天城山麓——湯島湯本館後面的溪流，有個大型岩石浴池，據說他畫過兩三名女子在那裡沐浴的情景。我曾見過以前銀座的春天咖啡屋掛著那幅畫。中澤弘光好像也畫過許多溫泉裸女的素描。」

當然，這些畫壇大師的作品是毛巾上的裸女無法比擬的。但是，在山中溫泉見到的女人裸體，也同樣是銀座咖啡屋的畫作難以聯想。以一般所謂千人澡堂（也就是大浴池）為傲的旅館，經常把女服務生們煞有介事泡在池中的明信片當作紀念品贈送。從那種照片的可笑，當然更加難以想像山中溫泉的裸體。

「可是，溫泉不是禁止男女混浴嗎？」

「好像是禁止的。至少在伊豆，無論去哪個鄉下，哪怕只是形式上，想必也絕對不會出現沒有區隔男湯女湯的共同浴池。這點很可笑。不習慣混浴的客人使用的旅館室內浴池，反而多半沒有區隔男女，從小就習慣混浴的村民共同浴池，卻有那個隔間。不過，其實在溫泉區看到女人裸體本來就沒什麼稀奇。」

先說熱海吧，在伊豆四大溫泉中不僅特別開放，離東京也很近，附帶溫泉的別墅地及鎮上頭等地段的地價，比東京市內不是頭等地段的地價還高，一坪要二百五十圓至三百圓。

「熱海唯一便宜的只有油。」茶油店老闆娘此言誠然不虛，熱海是全國溫泉之中的都市。

不過，只見拿著一條毛巾的女人從當地的共同浴池走到路旁乘涼。走在小徑上，蒸氣縈繞腳踝。因為她正走在宛如地窖的女湯排氣窗上方。

小澤湯這間溫泉館的二樓是圍棋社。上廁所時必須穿越女人們屈膝而坐的更衣間，以及可以俯瞰地底的浴池。棋盤上沾有溫泉氣味。令人不禁遙想有陪浴女郎替人搓垢的大江戶溫泉館。

有間歇泉的大湯、澡堂的萬人澡池二樓也是娛樂場所。大廳通常有書畫古董的拍賣會、東京布料店大特賣，或是業餘的淨琉璃表演。正下方的浴池傳來洗浴的聲音。總之即便在熱海，女人的裸體也絕不稀奇。這個不稀奇代表著——要體會溫泉男女混浴的滋味非得在這裡不可。

「不妨想想看，如果把夏天的海水浴場區隔成男子區和女子區，那種不自然有多麼殺風景。」我說。溫泉區隔男女，對於從小習慣溫泉的本地人而言，或許就近似這種感覺。

夜裡的大雨過後明媚放晴，南伊豆迎來春光和煦的早晨。山溪溢出濃烈的泥土色。流浪的賣藝姑娘從河對岸的村中浴池發現待在旅館浴池的我，光著身子跑向河岸，一邊高舉雙手一邊吶喊。姑娘的身體在日光下白花花的。——那是在湯野溫泉。

溫泉小鎮的氣息柔化了裸體的聳動。不過，像熱海那樣商店林立的路上看到裸體還是不對。應該隔著山溪看。應該在樹木掩映的浴池窗口看見。應該在竹林搖曳、浪濤陣陣旁看見。

母子同行，或者男男女女相約同行，提著燈籠沿著溪邊的小路去溫泉。而浴池成了村民閒話家常的好地方，山中溫泉的老人們泡得尤其久。他們會坐在池邊，躺上老半天，和絡繹抵達的人交談，就這麼泡上半日時光也不足為奇。深夜無人的浴池當然也會被人拿來談戀愛，不過那種情形極少。畢竟是大家習以為常，氣氛悠哉的混浴。即便有男湯與女湯之別，也忘了那個區隔。此外，隔著徒有形式的隔板窺見的女湯，反而更有撩人風情。我在許多地方的溫泉都說過，

「這裡的溫泉真可笑。浴池分為男湯女湯，脫衣間卻共用一間。」

待久了之後，旅館的女服務生們會來喊我：

「馬上要清洗浴池了，請用吧。」

深夜三點左右去泡溫泉，只見美麗的年輕女服務生自水面露出渾圓肩膀，臉頰貼在池邊睡著了。葉間灑落的月光照入，玻璃門內的蒸氣彷彿霧夜的瓦斯燈微微發光。河鹿蛙的叫聲浮現在月光中。桃心髻的鬢角被溢出的池水沾濕。把她搖醒後，她用二根手指勉強撐開眼皮，笑得開朗，

「那個賣乾貨的又來了。我打算在這裡待到天亮……」

「賣乾貨的」是每月中旬與月底都會來沼津收貨款的商人，每次來訪必然喝醉，必然潛入女服務生的房間，十年來始終不曾悔改。於是，女服務生們把坐墊捲起套上長襯裙做成假人塞進被窩，或是在被窩偷偷放荊棘，冬天在被窩放冰袋……

總之千方百計保衛自己的臥榻。門鎖輕輕鬆鬆便可拔掉。如果拿棍子頂住走廊的門，賣乾貨的會爬後窗破窗而入。有時女服務生讓旅館的阿婆代替自己睡在被窩中，他到天亮也不會發覺真相。次數多了之後，女服務生的臥榻保衛戰成了遊戲。最後連遊戲都懶得玩了。至於神經尚未麻痺的小姑娘，只好躲到浴池睡覺。

不只是賣乾貨的。泡溫泉的客人之中，也總有些不懷好意的男人想找機會溜進女服務生的房間。

那個小姑娘的胸口，因熱水而泛出一圈紅痕。我一邊笑話她，一邊聊起她的身世——收集客人的菸蒂寄給父親云云的身世，在浴池中聆聽這樣的故事，不知不覺河岸的石子漸漸發白。鶺鴒也快出來活動了。

豁出去的私奔男女躲在深山的溫泉，看了都覺得淒涼。女孩沒出過房門一步，半夜與戀人在浴池相擁而泣。二名同性戀女教師白天也照樣睡覺。這些都被女服務生們在紙門挖洞偷窺到了。不過，打算殉情的男女似乎特別難以接近。之後姊姊夫妻來找他們。四人泡在同一個池子中動也不動。最後姊姊發現妹妹腿上的小傷疤，

「哎呀，還留著啊。」幼年的記憶令她很興奮。那是小時候姊妹倆吵架，姊姊

拿火筷戳出來的傷口。發現妹妹還活著令姊姊喜極而泣，不停拿毛巾嘩啦啦洗去淚水。這樣打破沉悶後，二個初次見面的男人也熟稔了。混浴就該是這種心情才對。

二個喝醉的妓女，在溪畔石頭之間拉客，從後門偷偷潛入大家都已睡著的旅館浴池。不知怎麼搞的，其中還夾帶了一名村中的農家姑娘。妓女們開始替男人搓背時，姑娘也不甘示弱地跪在一名男人身後挺起腰肢。那裡已失去三個月前緊繃的青澀美感，帶有剛出現的圓潤成熟。那時她年方十六。翌年成了沼津牛肉餐館的女服務生，回村時在浴池相遇，豐滿的女人味破壞了身材曲線。美好事物的破滅，令我悲痛。在女孩身上看到好似好色的通俗醫學刊物那種變化，是泡溫泉的悲哀之一。還有對女體的幻滅也是。

裸女絕對不美。外型美麗的一萬人之中頂多一人。在溫泉旅館待上一年能夠發現一個就已是老天爺的恩賜了——對此只能低著頭，不敢正眼注視。

某報紙引用澡堂替人搓背的雜役所述，

「女人簡直像芋頭。穿上衣服遠比脫光時更有魅力。」

這不是搓背的雜役死要面子嘴硬。連習慣混浴者也有同感。裸體遠不如穿脫衣服時——比起脫衣時瑟縮的微寒，我寧取穿衣時的溫暖。

不過，比方說淺草松竹劇場歌劇團表演的歌舞劇——拿那些日本女孩的舞蹈和電影中外國女人跳大腿舞的場景比較，不禁為日本女人身材之扁平感到悲哀，那種悲哀，夾雜了童謠的稚氣、小孩的自由塗鴉那種溫馨。這種幼稚的溫馨，我認為正是日本女人身體曲線的優點。所以，浴池的女人正因不美，或許反倒有種親切感吧。

在浴池最不想看到的，就是熟人的妻子。還有，被客人帶來的遠地藝妓。前者是過度羞恥的女人。後者是毫不知恥的女人。最樂於看到的，是蜜月旅行的新娘子。而且是遊覽過兩三處溫泉區，已經對混浴有點認命接受的新娘子。那種微帶暖意的新鮮感，連我這個外人都被感染。還有女學生團體，也會讓自己變得開朗。最理想的，還是夾雜在態度自然的村中男女之間，撲通沉入水中。不過，就算若無其事替不放在心上的男人搓背，女人的手臂也可能突然顫抖。於是，

「有時我懷疑，十二、三歲以下的小女孩，反而更想在水中黏糊糊地向男人撒嬌。那肯定是女人的本性……」

4　風格特異的溫泉

獨鈷溫泉

弘法大師十八歲時前來，修習降伏惡魔之法。大同二年再次前來，雕刻數尊佛像及自身雕像安置於此。——《修善寺記》

修善寺就創立於這個大同二年，當時在此掛單的是獨鈷大師，傳說他挖掘桂川水中岩石時冒出溫泉。

凹陷之岩作浴槽
沐浴湧泉伊豆人　（大口鯛二）

挖掘溪流之巨岩
頓時湧現此溫泉　（本居豐穎）

如今那塊岩石依然被當作浴槽，岩石上站著獨鈷的石像，據說是天明年間修善寺僧人大鼎和尚的傑作。從河岸可以走木板通往岩石。大正初年還是四面圍著玻璃的浴池，無論從虎溪橋，從河岸，從旅館窗口，想必都能看見沐浴者。可惜如今已圍著木板。不過，建築物看起來就像是淺水中的浮見堂[2]。溫泉口也在那塊岩石，因此可以親眼目睹溫泉湧現的樣子。基本上修善寺的溫泉好像都是從角閃石安山岩的岩脈兩端及裂縫湧出。這條寬約一百多公尺的岩脈，將桂川橫斷南北，獨鈷溫泉位於其西端，略偏下游的白絲瀑布據說就在東端。（參見八木昌平著《北豆小誌》）

說到溪中自然成型的岩浴槽，我想整個伊豆大概只有這裡和湯島湯本館才有。湯島那個是石川寅治氏畫過的溫泉瀑布。不過，只是用竹管將溫泉引入岩槽，不是像獨鈷溫泉這樣自淺潭中的岩石湧出。相對的，這是沒有建築物的露天浴池，對面就是巍峨聳立的杉山，開闊清爽，令女人想在溫泉瀑布洗髮。

「在四周旅館環繞的河中泡溫泉，還好意思脫光下水嗎？」我在修善寺笑了。

「但總之這的確是伊豆的知名溫泉吧。」

2 浮見堂：奈良公園鷺池中的六角亭，為知名景點。

「是啊，就歷史悠久而言的確是——修善寺的歷史性知名溫泉還有別處。比方說現在的四方樓杉溫泉，是以前熊野神社境內的神泉，據說伊勢長氏[3]時常來泡溫泉。源賴家被殺相傳也是在這個溫泉，也有人說是在淺羽樓的溫泉，但跟弘法大師的傳言一樣不可靠。」

元久元年七月八日於浴室中被害。——《鎌倉大日記》

在修善寺，賴家和尚遭到善時藤馬等人刺殺。據聞趁其專心頓悟，猝然以繩勒頸，取其陰囊加以殘殺。——《愚管抄》

「記得好像是芥川龍之介的小說吧，有個故事是說喝酒後一直泡溫泉，到了天亮終於成功自殺。半夜去偷窺獨鈷溫泉，或許會有那種感覺吧。新井旅館的菖蒲溫泉這個古典浴池，亦有作家尾崎紅葉曾經如何如何的傳聞。」

小鳥溫泉

聊到溪流的溫泉讓我想起一件往事。

湯島的夏天，旅館客人和村中孩童都會在溪流中戲水，身體冷了就去河岸的岩石溫泉取暖。溫泉中如果有人，孩子們就會去對岸的岩石之間蹲著。

「為什麼大家都要去那塊岩石？」

「因為那裡有溫泉湧出。每到冬天，候鳥經常停在那裡，所以有人看了起意去抓鳥，過去一看才發現有溫泉冒出。於是我們搬來石頭砌成浴池。這是小鳥的溫泉。」

本來是水淺及踝的溫泉。不過，孩子的回答，令我想起久遠以前的溫泉由來記，倒是一篇小小的敘事詩。這年頭溫泉也是錢。伊豆的溫泉區所到之處皆有溫泉的權利之爭及訴訟官司。一如探礦師尋找金礦，試圖挖出溫泉甚至因此傾家蕩產者也層出不窮。——其中卻出現這樣一首旋律可愛的小鳥溫泉。

3 伊勢長氏：即前文提及的戰國時代武將北條早雲的前名。

天然溫泉

和這個像小孩玩溫泉遊戲似的小鳥溫泉一樣自然形成的溫泉，是伊東松原區的天然溫泉。據說是寬永年間發現。浴池底部與道路齊平——換言之完全沒有向下挖掘，正是這個別處看不到的溫泉可貴之處。遼闊的蘆葦與茅草叢中自然湧出溫泉，用長度近四公尺的石材圍成木拼（方盒）形浴池，據說溫泉就是這樣形成的，所以俗稱木拚溫泉。底部的整片砂礫咕嘟咕嘟不停冒出水泡，水中生長著貌似綠藻之物。帶友人參觀後，我說，

「這種只是搬來石頭圍起的樸拙感最有趣，你不覺得會令人聯想到溫泉豐沛的伊東嗎？」

伊東的南、西、北三面皆被天城巢雲火山環繞，東邊面海。沖積層海岸平地狹小，僅有十五平方公里，卻已是伊豆東海岸原野最遼闊的港口，自古以來便是伊豆七島漁船出航的唯一避難港，在伊豆各溫泉之中也算是較大的。不僅如此，大正十年有溫泉口四百九十四處，到了大正十五年變成八百處，從松川河畔到海岸，堪稱不管往哪一戳皆有溫泉噴出，總之光看這個數字也知道，伊東是伊豆溫泉中目前發

展最顯著的城市。而且，今後想必也會繼續發展。

修善寺溫泉已老化。那種古老的沉靜頗似東京高地的高級住宅區或鄉下的城內町。溫泉旅館中只有新井旅館有藝妓，如今大概還是一樣。可見此地更適合闔家光臨。長岡溫泉是明治四十年五月由大和館老闆挖掘的，還很新，之後旅館就像東京郊外新開發地區那樣如雨後春筍紛紛建起，整個溫泉區彷彿廉價的出租屋，簡直不像話。至於熱海就像老牌布料店越後屋變成三越百貨公司，熱鬧又狹小，是已瀕臨盛放的花朵。是已嘗過金錢好處的女人。總之發展的餘地不多。

相較之下，伊東開始蓬勃發展，是近年來熱海開通汽車道之後。這個木拼溫泉仍留有豐沛處女地的殘影。

吉奈的大湯溫泉

駿陽城畔一貴侯得妻累年無子。參禮觀音薩埵[4]求一千蒙靈夢。欲得好子者往豆州浴吉奈靈湯必得一子。夫妻共歡來此鄉浴湯經半季得一子。

正如這段古記錄所言，吉奈素來被視為求子溫泉而聞名全國。從京大阪各地也有人千里迢迢前來求子。是女人的溫泉。

白日看不厭纖纖弱女子
黑夜的吉奈山里必有誰　　（小出粲）

如果一群男人去吉奈，會被譏諷是去看女客，因此地為女人的溫泉。溫泉旅館大量雇用男人的顯眼狀況，也是因為這是女人的溫泉。

女人一心想做母親，甚至略顯瘋狂，有時燃起淒厲的熊熊火焰。——我在這溫泉聽過一個故事，至今想起仍覺驚心動魄。據說有棵大松樹可讓人生子。女人會在天亮前避人耳目偷偷來到松樹前，像青蛙一樣抱樹（以下不便寫出）。而村中年輕人也會跑來偷窺。因有傷風化，這個特殊景觀十幾年前就被縣政府下令砍倒了。

「砍下的木材足足蓋了二棟房子喔。」湯島的理髮店老闆如此回憶。

如今，東府屋旅館的小柿樹還豎立著「求子柿」的牌子。比起這種東西，一旁的石楠花大樹——據說這種樹在天城長得特別高大，但就連天城山上都看不見如此高大的古木，彷彿大朵杜鵑花般爭相怒放的春天，光是看這棵樹開花便值得去吉奈走一趟，不知為何這棵石楠花沒有成為當地名物。

「吉奈真的是能夠助人生子的溫泉嗎？」我曾在大阪被人如此問過。

「不知道，溫泉很熱所以對女人的身體肯定也有好處吧，但說來諷刺。東府屋及酒屋這當地唯二的溫泉旅館，老闆居然都生不出孩子，是領養別人的孩子。」

溫泉有七、八處，但可生子的知名溫泉是大湯溫泉。相傳聖武天皇的神龜元年，行基菩薩奉天皇敕令周遊諸國，途中在此地創建醫王山善名寺，雕塑藥師琉璃光如來像，「然尊容安座後，忽湧出靈泉，異香四滿矣。」浴池是以天然石材素樸砌成，頗有古風。溫泉自石子底層湧出。可惜水溫不夠熱，必須泡足一小時才能暖身，終究無法奉陪想生子的女人。

這個知名溫泉的水溫關係到吉奈的人氣，因此兩、三年前村民企圖再向下挖

4　薩埵：本為眾生之意。觀音薩埵即觀音菩薩。

掘。東府屋旅館當下抱怨，請他們不要碰旅館專屬溫泉。村民一直深信自古以來便是共有的溫泉，聽了大驚失色幾疑是作夢。一查之下，以前這個溫泉向縣政府提出申請時，接受村子委任的東府屋竟是以個人名義申請，而村民們之前一直被蒙在鼓裡，最後終於鬧上法庭。這是村民的說法。至於東府屋的說法就不得而知了。

不過，修善寺的新井旅館也曾和鎮民打過官司。湯島的落合樓也與村子起過爭執。這算是什麼一流溫泉旅館的作派！在熱海，大旅館的背後，是貧窮的老百姓飽受房租及各種物價暴漲所苦。為了地方繁榮，許多地區不惜讓當地姑娘淪為娼妓。當客人暖洋洋泡在溫泉中，旅館的女服務生正拿縫衣針刺破手指的凍瘡。她們的寢具和食物又如何？如果知道了那些內幕，恐怕再也沒有任何溫泉情調可言。

世古溫泉

如今吉奈的大湯溫泉水溫不夠熱，在分屬貓越、達磨兩火山的狩野川及其支流溫泉中，首推此地自古以來便是伊豆人盡皆知的名溫泉。兩三年前有田氏[5]更譽為天下靈湯。從湯島的松崎街道沿著陡峭的石梯走下貓越川，水畔便是這個公共溫泉浴池。最近蓋了氣派的建築，山間古老之感已不復存存，但山谷之深，岩石之大，水潭之碧，水流之清，不愧是伊豆名溫泉中的第一。

夕暮昏黃深山中
溫泉池中臥明月　（金子元臣）
友人臥石上，與猿看明月　（也有）

昔日，溫泉池畔還可釣香魚和櫻鱒。浴池底部會咕嘟咕嘟冒泡，老人說這種氣泡對身體有益。

釣鱒稚子須小心
急流石滑滿青苔　（金子元臣）

5 應是指有田音松（1867-1944），經營有田藥妝連鎖店，倡導各種言論活動而知名。

寶溫泉

越過天城往南走的奧伊豆也有很多溫泉，但是風格特殊的溫泉並不多。或許僅有下加茂與峰及吹上溫泉算得上吧。峰溫泉是昭和二年發現的，據說熱泉噴出高達十二公尺。下加茂是自古便有的溫泉，吹上溫泉則是大正十年左右岩崎吉太郎挖出的新溫泉，高度九公尺，後來被命名為寶溫泉。噴泉就像把傘放在盒中，被高高的箱型草蓆包圍，我從遠處看著縫隙之間噴出溫泉的水霧。

另外，這裡也有因利用溫泉而聞名的溫室。同樣是在南伊豆，我遇見立志投身哈密瓜溫室栽培事業的園藝學校學生，我說，

「那個溫室相當大，不過進入正月後，種的都是康乃馨太無趣了。」

「可是，康乃馨在聖誕節時一朵要價十錢甚至十五錢喔。」

「那還真不簡單。」

在南伊豆，有溫泉區規模的只有吉田松陰[6]的蓮台寺溫泉及曾我兄弟[7]的谷津溫泉二者與河內溫泉，可惜並無稀奇的浴池。

土肥溫泉宛如洞窟的間部湯我沒去泡過，熱海的間歇泉我也不太熟悉，所以在此略過。

○

我的伊豆溫泉記並未到此結束。

天城山的植物、獵鹿、熱海著名的殉情、浴衣和女人、溫泉區的流鶯與流浪藝人、下田港、日本造船史與伊豆、幕府末年的江川太郎左衛門、狩野川、奧伊豆港的風俗、東海岸與西海岸、作為一大散步場所及汽車兜風聖地的伊豆、伊豆循環鐵路開通後的預想、溫泉旅館女服務生的故事——這些我本來也打算寫，但如今只能另開一篇新稿。

昭和四年二月《改造》

---

6 吉田松陰（1830-1859）：日本的思想家、教育家。被視為明治維新的精神指導者。

7 曾我兄弟：兄祐成、弟時致皆為平安末期至鎌倉初期的武士。兄弟倆為父復仇記是日本三大復仇事件之一。

伊豆溫泉六月

1　六月的晴雨表

我在舊雜誌發現，沼津觀測所調查的明治三十九年至四十三年這五年的區內氣象表。

其中，若就伊豆六月的晴雨日數表看來，

	晴天日數	降雨日數
沼津	三・二	一九・〇
伊東	四・六	一八・二
下狩野	二・四	一九・二

宇久須	二・六	一四・二
上河津	三・四	一六・二
上狩野		一九・〇

這是古老的統計表。但那種古老，觀天地之悠久，實為嶄新的古老。

如今六月的伊豆依然下雨。一個月當中有十五天至二十天都有雨。島崎藤村氏寫的伊豆紀行有「伊豆晴」這個說法。那種「伊豆晴」的天氣，一個月之中只有二天或四天。

環繞伊豆半島的三面海洋是黑潮。黑潮多水蒸氣。而且，半島後方有富士山、足柄山、箱根連峰如屏風聳立，因此水蒸氣淤積在半島內，即便不是梅雨季也容易下雨。

被這種水蒸氣濕潤的火山岩土壤，將伊豆染成南方特有的綠意。

天城私雨——天城山麓的村子有這種說法。

山麓即使是晴天，山頂也摘不了微雨的帽子。從海上漂來的水蒸氣，首先撞上坐鎮中央的天城，化為白色雨絲。

2　六月的風向

這也同樣是根據古老的統計——六月的沼津最常出現的風向是西風。伊東是北風。下狩野是北風。宇久須是南風。上河津是東風。

3　六月的旅館

梅雨連綿，溫泉的氣味滲入旅館走廊與牆壁。矮桌散發老酒與醬油的氣息。拉開走廊盡頭的壁櫥，寢具帶有溫泉氣味及微微的霉味。這是沒有房客的旅館。

山溪溢滿泥漿，用一片木板搭起的便橋掉落。木板邊緣用粗鐵絲綁在岸邊岩石上，所以便橋隨水浮沉飄來飄去。

深夜只聞大塊岩石轟隆轟隆被水沖刷的聲音。

草鞋鞋底踩在走廊上黏黏的。

而我在廁所門前倏然佇立。陶瓷的橢圓形洞口旁，老貓默默蜷縮文風不動。

沒有任何房客的二樓走廊上，女服務生呼喊其他女服務生的名字跑過。被呼喚的女服務生，不知失蹤到哪去了。

4　六月的溫泉

溫泉的觸感於四季各有妙處。

然而，適宜觀賞泡溫泉者的季節——坦白說，要看女人裸體的話，我認為五月或六月最佳。

冬天——女人脫衣走進浴池之前，那醜陋瑟縮的模樣慘不忍睹。被熱水溫熱後，肌膚又變得太紅。

盛夏汗流浹背，而且女人會不知不覺變得太開放——穿著厚重與衣著單薄的季節，似乎不是展現裸體的心情。——不夠美麗。

秋天——無論是老是少，女人的肉體都異樣地寂寞。秋風絕對不會美化女人的裸體。

相較之下還是初夏好。溫泉中妙齡女子的皮膚，映著樹木的翠綠，海洋的蔚藍，格外旖旎。

即便女人自己也是——一年四季十二個月中五月和六月最佳，肯定在溫泉洗凝脂時也會發現自身肌膚之美。

5　六月的美

六月的伊豆自然風光，我認為是美景之一。

霧雨漸漸放晴時，竹林安靜垂首。看似依偎沉睡的羊群。那是青色毛皮的羊群安詳的沉睡。

花期特長的山茶花也終於在六月凋零。

石楠花也是五月之花。杉樹的花粉四處飄零。

桑葉已經幾度採摘，不復美麗。新綠也變成茂密綠蔭，失去樹葉的色彩變化。不再有河鹿蛙的鳴聲，只是普通的蛙鳴聒噪。
勉強要說的話，只有漸黃的夏橙與山葵的葉子青翠欲滴。
流浪藝人們聚在下田的小旅社賭博。
鰹魚船在細雨紛飛的海岸如甲蟲屍骸漂浮。
熱海著名的殉情案件，到了六月也特別少。

6 六月的香魚

伊豆的香魚，和東京的多摩川一樣，自六月一日開放捕撈。友釣[1]多半在七、八月，六月先從蚊針釣開始。

1 友釣是利用香魚維護地盤的習性，用香魚當釣餌來吸引前來攻擊的其他香魚。蚊針釣是用頭髮或羽毛模擬蚊子的模樣當作釣餌。

水流平穩的日子，曾有外行人在相當上游之處釣到六十尾之多。菊池寬氏與中村武羅夫氏一大早就去東京附近的河流，結果一尾也沒釣到，看來鎩羽而歸的不只我一人。

六月若要去伊豆的溫泉，首先就是到這狩野川釣香魚吧。

一如全國各地的河流，狩野川的人也宣稱這條河的香魚是全國第一。我曾在銀座某餐廳的櫥窗，見到長良川的香魚和狩野川的香魚游來游去。我記得長良川的香魚體型較寬，狩野川的香魚比較細長渾圓。

7　六月的青蛙

伊豆七大奇景中當屬第一的，就是天城山八丁池的青蛙——會爬到樹上築巢產卵。根據波多野承五郎氏表示——

「這個池子的青蛙每年一到六月，就會爬到池畔的樹上，用自身分泌的黏液黏合嫩葉，讓雨水積存在其中，然後在裡面產卵孵化蝌蚪。（中略）每年六月初旬，池子周圍的樹上就會出現無數蛙巢，從遠處觀之，宛如整片白雪。」

根據青蛙研究界的權威，東大的岡田彌一郎氏鑑定，這種青蛙被命名為「森林綠樹蛙」，目前全世界僅知八種，據說非常珍貴。

為何會在樹上產卵呢？因為八丁池有很多蠑螈，如果青蛙在池中產卵就會被蠑螈吃光。

8 六月的夏天

溫泉區的夏天特別早——據說如此。

男客當然不用說，就連女客，到了六月也只穿一件旅館的浴衣，然後繫一條細腰繩就夠了。通常女人在溫泉暫時滯留都會忘記繫腰帶。不是忘記，是學會了如何按照溫泉風格把浴衣穿得好看。與其說穿得好看，毋寧是故意衣衫不整做出風雅姿態。

按照溫泉風格故作風雅地穿浴衣——這是溫泉的色情。炎夏海濱的泳裝健美姿態無法與之相比。非常色情。

提早穿浴衣，提早過夏天，那就是六月的溫泉旅館。

提早過夏天的現象尤為明顯的，是熱海溫泉。那種溫泉煙霧——像小工廠一樣從煙囪噴出的蒸氣，在雨天低迷地徘徊小鎮。溫熱的土壤，在路邊或在旅館院子將雨水化作蒸氣。悶熱如在鍋中，彷彿沸騰的蒸氣，那就是六月的熱海。

郵局面東，下雨天的午後光線昏暗。雛妓緊握的拳頭在木板上張開，取出六枚五十錢硬幣，

「只有這些喔。」

「妳叫什麼名字？」

「花蕾。」

「花蕾。」

「不過，這是藝名。」

然後，在蒸氣中離去。六月的小鎮女子，就像汆燙過的青菜一樣美麗。

昭和四年六月《新潮》

伊豆天城

伊豆下田港的小旅社——用來強調小旅社特徵的下田這個字眼，不僅是地名，其實也體現出一種明顯的情趣。走唱藝人、巡迴劇團、叫賣的小販，和街頭賣唱推銷歌本的人——這些遊走於相模、伊豆溫泉區的候鳥，旅途中的第二故鄉就是下田鎮，他們的老巢就是下田的小旅社。流浪藝人們抵達下田旅館，就像回到同類的巢穴一樣安心或興奮，他們會跑去每個房間看看有無認識的熟人，互相聊起彼此的旅程。

甲州屋就是這種廉價小旅社之一，屋頂遮覆窗口，一站起來就會撞到頭的閣樓小房間裡，流浪藝人從自己扛著翻越天城山的行李中——他們攜帶了小鍋、菜刀、盤子、醬油、表演用的假刀、假髮，與舞台衣裳等物四處旅行，就像朝鮮的土木工人四處遷居——為我取出飯碗和漆筷。以指尖叩叩敲擊的我，就這樣在雞肉火鍋旁

坐下，年輕的舞孃彷彿忽然想起，

「別看它那樣，其實是真富士山的姊姊喔。」

「妳說什麼？」

「我是說下田富士山。」

對了，我剛才聊到下田富士。

「傳說中自古以來被海上船隻當作航線指標的，就是那麼小的山？」我剛才正在這麼說。該山位於下田西北，整座山就是一塊大岩石，我是爬山歸來順路去小旅社。秋天的落葉不斷滑過腳底的清冷聲響，似乎還縈繞在我的腳邊。

「下田富士才是姊姊，真正的富士山是妹妹，但妹妹更白皙，身材修長容貌姣好，所以當姊姊的下田富士嫉妒她，在中央豎立天城山這座屏風，縮在一旁盡量不看妹妹，結果變得越來越小。雖然姊姊如此絕情，但當妹妹的富士山還是思念姊姊，每天伸長脖子隔著屏風看姊姊，於是就變成日本最高的山了。」

天城山居然是屏風，這說法真有意思。天城山的確是伊豆的屏風。是將伊豆分為南北的屏風。

柑橘、鐵樹等熱帶植物生長在天城南部。梅花櫻花乃至其他冬季至春季綻放的花卉，在天城南北兩邊的花期大不相同。即便山北已染上白雪，山南泰半不見下雪。如今北部俗稱口伊豆，屬於田方郡；南部俗稱奧伊豆，是為加茂郡[1]，二者以山為界。這座山脈東西四十三公里，南北二十三公里，占據伊豆半島三分之一，坐鎮半島中央——自古以來，文明要越過這天城山脈傳入似乎就相當困難。

最好的證據，就是從北方越過天城嶺後，立刻能得到新鮮的印象。只要往南方走出山頂隧道一步，天空的色彩已截然不同，帶有明媚的南國氣息，令人忍不住想挺胸深吸一口氣。層巒疊翠的背後立刻就是溫暖的海洋。從北往南翻越天城，就等於越往上走越冷，越往下走越溫暖。記得有一次，大概是移動式動物園吧，我曾在北麓看到大象、駱駝絡繹緩緩越過這座山。

「山南好像真的是他們生長的熱帶故鄉呢。」我忍不住感嘆。

我認為伊豆半島全體就是一個大型的散步場所。無論哪條海岸線皆適宜步行。

1 編注：此處應是筆誤，加茂郡位於岐阜縣中部。第八頁作者提及同樣段落寫作賀茂郡。

另外，從箱根翻越十國嶺通往熱海的山路，從修善寺翻越冷川嶺去伊東的山路，那種第一次眺望大海的爽快開闊，皆令人心曠神怡，但在天城嶺南發現南國風光的瞬間，格外能感受到伊豆的旅情。看來如果不是徒步翻越天城，恐怕無法切身感受真正的伊豆旅情。貓越火山、達磨火山、玄岳火山等打造伊豆、讓伊豆湧現溫泉的火山山脈之中，屬天城火山最大，也最新，彷彿在其他火山灰上又降下火山灰，足見其為伊豆這張臉孔上的特大號鼻子。

「天城的山谷很大吧？沒想到會是如此氣派的溪谷。」

「那麼壯闊的山谷，的確不多見吧？還有杉木檜木的林相不也很壯觀？」

「說到那些杉木檜木的綠意之美，在東京近郊的山脈絕對看不到那種綠色。」

「的確。」

「我起先小看了它。本以為天城不過是個小山嶺，作夢也沒想到居然如此美麗。比起箱根八里的溪谷不知大了多少倍、美上多少倍。」

這是田山花袋在遊記中的對話。島崎藤村好像也在〈旅〉這個短篇中提到了搭乘馬車翻越天城嶺。

作夢也沒想到，在這宛如精巧模型的小小伊豆半島，竟有這般溪谷的深邃與美景，但如果不是徒步翻山越嶺便看不到。坐汽車旅行只會覺得天城山谷「不值一提」。

松、杉、檜、樅、櫸、栂、柏——自古以來便號稱天城七木。

將枯野，燒製鹽，用餘木，製琴瑟，撥琴弦，由良門[2]，正中央，觸岩礁，浸漬木，沙沙響。

這是應神天皇吟詠的和歌——「枯野」是伊豆獻上的大船名稱。不過，根據《古事記》記載，這是仁德天皇時代的事，該船用的木材也是來自河內，《萬葉集》也有「伊豆手舟」或「伊豆手之舟」這樣的記述，最近一次是在安政大地震時，為了下田船隻毀損的俄國普查欽[3]來到戶田造船後，江川太郎左衛門等人也群起效法

2 由良門：指紀淡海峽。

建造君澤型船隻（戶田當時屬於君澤郡內，故有此名），還有明治七年建造的天城艦——總而言之，日本船隻與伊豆的因緣，在各時代均留下了記錄，顯見關係匪淺。

當然，這是因為伊豆的地形伸向海中。不過，同時自然也是因為天城出產好木材。伊豆的森林茂密甚至泛出烏光——這種植物繁茂的現象，是環繞半島三面的黑潮帶來的影響。背後被富士、足柄、箱根等山脈包圍，使得黑潮海洋升起的水蒸氣，益發滋潤半島，將伊豆全島的火山岩粉碎，形成肥沃豐饒的土地。

「又是天城私雨。」我指著山麓晴朗山頂卻籠罩烏雲、山麓陰霾山頂下雨的天城，為了介紹這個名詞的特有風情，如此對東京友人說。

「天城私雨——這是本地特有的說法。換言之，天城山脈坐鎮伊豆中央，因此無論哪個方向來的水蒸氣都會撞上山脈，越過半島的雨雲必須向天城打招呼拜碼頭後才能通過。往往只有天城峰頂籠罩雨雲，因此被命名為私雨。」

所以，山麓也多雨，尤其月夜的溪流，經常瀰漫美麗的霧氣。

「本地名產就是私雨？」

「名產是山葵與香菇。天城的山葵傲居全國第一，送往東京一流餐廳，因此此地的山葵沼澤是相當重要的財產。隨之衍生出山葵小偷。而香菇在寬正年間曾贈送給京都，據說蜷川親元[4]的日記也曾提及。——不過，植物學家在天城嘖嘖稱奇的，是生長在淨蓮瀑布的岩石及窪地的苔蘇植物中的擬溝羊齒、瀧見羊齒，與淨蓮羊齒——某次舉行天城山植物研究會時，據說朝比奈藥學博士等人還提議將之列入天然紀念物加以保護。珍稀的花卉有米杜鵑、石楠花……」

「夠了。」如果有人聽得不耐煩了。

「可是不知何故，昆蟲卻很少——八丁池有一種青蛙會爬到樹上產卵。這是最稀有又出名的生物。」

「這個池子的青蛙每年一到六月，就會爬到池畔的樹上，用自身分泌的黏液黏合嫩葉，讓雨水積存在其中，然後在裡面產卵孵化蝌蚪。至於這個池子為何會有這

3 普查欽（Jevfimij Vasil' jevich Putjatin，1803-1883）：俄國海軍軍人、政治家。

4 蜷川親元（1433-1488）：室町時代的幕府官僚、歌人。《蜷川親元日記》是了解當時風土民情的珍貴史料。

種青蛙，根據土屋校長（湯島小學）的說明，是因為八丁池有很多蠑螈，如果青蛙在池中產卵就會被蠑螈吃光。於是青蛙養成這種習慣，藉此維護種族存續。每年六月初旬，池子周圍的樹上就會出現無數蛙巢，從遠處觀之，宛如整片白雪。（中略）又及，這種青蛙產卵令人頗感興趣之處，就是產卵時除了一對雌雄青蛙之外，還會有三、四隻雄蛙幫忙在蛙卵周圍形成泡沫團保護蛙卵。」（波多野承五郎氏）

波多野氏請青蛙研究界權威，東大的岡田彌一郎氏鑑定後，據說是「森林綠樹蛙」，在全世界都極為稀少，目前這種蛙類在世界上僅知八種。當今天皇陛下仍是太子時，據說波多野氏曾進獻給御用研究室。

「不是有所謂的天城御用獵場嗎？」

「大正十五年就停止狩獵了，在那之前，每年冬天東鄉上將、上村彥之丞上將等日俄戰爭的武將都會來獵捕五、六十隻鹿。自從宮內省移交給農林省管理後，如今成為國營獵場，十二月至二月期間，每週六週日一般人亦可憑門票入場狩獵野鹿。通常是四、五人結伴成行，一人收費二十五圓，所以在伊豆，獵鹿與伊東的高爾夫球（高球這邊據書上說，除了會費三百圓還要繳交雜費一百圓），二者都是奢華的運動。」

皇家狩獵雖已中止，天城十七萬公頃的土地仍是皇家御用森林，下田街道沿線的山峰，作為學術參考資料，始終保持原始林風貌未經砍伐，新綠及楓紅時節風景美麗。綠意之間，有杉木與樅木的枯木聳立宛如巨大白骨。嶺南尤其多，任誰都會好奇：

「那是什麼？」

「是天城的枯木——此乃天城名物。」一同翻越山嶺的流浪藝人如此告訴我。

昭和四年六月《週刊朝日》

冬日溫泉

「正月新年要不要去泡溫泉？」這句話，就像寒暄冷暖般經常出現。光是伊豆，就有三、四十處溫泉。不過，可以溫暖如春不識冬天——真正是避寒地的溫泉，東京附近不到五處。伊豆的土肥及谷津因交通不便先排除，所以通常不是去熱海就是伊東或湯河原。然而，湯河原離海邊較遠因此也較冷。冬天的伊東風大。修善寺與箱根嘛，也絕對談不上溫暖。至於鹽原和伊香保，更是已經要躲在暖桌邊賞雪喝酒了。與其如此，索性去雪國泡溫泉，做做「winter sports」說不定更痛快。

更別說是旅客蜂擁而至的正月，如果不是熟識的旅館，泰半連腿都無法伸直。和咖啡廳一樣，無論哪家溫泉旅館通常每年都有固定的熟客光顧。去年的小姑娘，今年正月已成新嫁娘；兩三年前還綁著辮子的少女，今冬已成了妙齡女郎——總之這種一年一度在溫泉相會，說來等於是溫泉旅館「特別會員」的人們，彼此之間自有種種樂趣，但對初次造訪的客人來說卻很困擾。

若是單獨投宿更惹人嫌，會被帶去陰暗的房間。不過有地方住已經算很好了，有時還得拼命拜託才勉強在櫃檯角落弄到一口飯吃。新婚夫妻——他們肯定是夢想著一趟快樂旅行，卻在每家旅館都吃了閉門羹，最後累得半死，只能茫然坐在旅館門口，再也沒力氣站起來，當晚也不知該睡在何處。這種可憐的模樣，我在正月的溫泉區經常目睹。

即便是熱海，一流旅館首先就會客滿，向隅的遊客，漸漸塞滿二流及三流旅館。若是箱根，遊客會從入口的湯本及塔之澤不斷往內地走。先是修善寺客滿，接著遊客逐漸轉往奧伊豆。儘管如此，也從來沒有人淪落到露宿野外，所以不得不說溫泉真的很多。

從東京開往熱海的列車，好像取了「浪漫列車」這種時髦的名稱。前年，熱海光是正月期間便有七對男女殉情自殺。每年替殉情男女料理後事的費用，據說就讓鎮公所傷透腦筋。換言之，殉情者多，顯現該地具有種種魅力。就關東地區的冬季溫泉而言，沒有任何地方能與此地比肩。旅館水準參差不齊，出租別墅及出租套房也很多。冬天無論去伊東、去大島、去初島，想必都有遊覽船。即便去下田，也是在此處換成火車最快。

年底梅花綻放。跳進溫泉的人，翌晨會化為白骨，可見溫泉的水溫有多高。地下就是溫泉，我租借的房子，連放在玄關地上的木屐都是溫熱的。

不過，也因為見慣了貴族及富豪，服務態度欠佳的旅館不多。整個城市彷彿花街柳巷，女人都梳著漂亮髮髻倒還好，問題是連一般年輕男人似乎都很老油條。

如果把一半的東京郊外氛圍，和一半的漁港氛圍加上熱海大概就是伊東吧。作為繁榮本地經濟的策略之一，風氣似乎相當糜爛。就算同樣是風月場所，此地也有比熱海更強烈的海洋氣息。若要闔家大小找個安靜的溫泉，想必還是去伊豆半島中部的修善寺最好。熱海、伊東、修善寺、長岡並稱為伊豆四大溫泉，但若讓我選我想去的地方，我會舉出熱海、湯島、谷津及土肥。

基本上伊豆是個適合步行之處，從熱海沿海岸走到伊東亦可，從下田沿海岸走到谷津亦可。不過，從修善寺越過天城嶺去下田，沿路探訪街道沿線的幾個溫泉，想必才是最有伊豆風情的旅行。若碰上冬天，天城山區應該會有獵鹿活動，這肯定是東京附近最奢華的運動之一。宮內省停止皇室狩獵後，此地收取高額入場費用開放給一般市民使用。有時野鹿跌落湯島小學的校園，待在學校被養馴後，甚至願意讓兒童牽著散步。天城的北與南，無論是陽光或花草植物的花期等等都不同，這點也頗有南國風情很有趣。

街道沿線的溫泉，沒有特別出眾之處。尤其天城南部的奧伊豆，除了下河津的谷津以外我都不喜歡。不過，就這些條件綜合看來，這條下田街道，是東京附近獨一無二的冬季旅路。風俗人情也帶有鄉村風味。男女混浴的溫泉也很多。如果排斥男女混浴或為此大驚小怪，那是不懂溫泉滋味的都市人。溫泉和東京的公共澡堂可是兩碼事。

昭和九年六月《國民新聞》

熱川書簡

伊豆各個溫泉中，我不熟悉的唯有這個熱川溫泉，所以打從十年前就一直想找機會來一趟，但去年冬天來伊東時，不巧道路坍塌汽車無法通行，又帶著妻子不可能徒步旅行，所以直到現在總算一遂多年心願——。

話說實際來了一看——不過，劈頭就這麼說，就旅途書簡而言未免掃興，還是先談談熱川令我印象最深刻的一兩件事吧。從這裡的旅館房間可以清楚看見外海的伊豆七島。即便是伊豆的溫泉區，恐怕也找不到如此景觀吧。還有，燃燒夜空的三原山神火，在海上遙遠的地方還能看見一抹微紅。不過，這必須在空氣乾冷的季節，如今是晚春，海上氤氳，連大島都一片朦朧。

從熱海至熱川，搭乘海岸線公車約莫二小時便可抵達，春天海上風平浪靜時的陰天，和街頭或山野的陰霾相比，好像顯得格外鬱悶。不僅水平線模糊不清，海面處處皆朦朧令腦袋發暈，忍不住心情浮躁。溫暖地帶的晚春至初夏交接時節，似乎尤其嚴重。才四月二十二日，伊東的夜晚已有蛙鳴不絕於耳。

然而，今日熱川向晚時分，似乎對聲樂略有心得的年輕女子歌聲自海邊傳來。彷彿要與入夜後逐漸高漲的浪濤聲一較高下，大概正面向大海引吭高歌吧。的確，西洋音樂洋溢青春氣息，我按捺不住心動，走到走廊上一探究竟，沒想到，那個聲音竟然來自娛樂室的收音機。收音機的聲音聽來之所以像人實際發出的聲音，是因為伴隨濤聲而來，被夜晚的海洋與旅行施加了魔法吧。說到這裡，接著播放的管絃樂，也像是海中不知從何而來的夜半鑼鼓，聽來奇妙地有種古老傳說的妖異孤寂。

這間旅館的娛樂室相當寬敞，角落甚至有舞池。我很驚訝。女服務生好像也會跳舞。房間連西式衣櫃都有。我很想說不該是這樣子，但熱川也在我想來卻始終無法成行的這些年，已經被改變了。不，是努力試圖改變。而我現在住的這家旅館，想必是改變中的熱川率先起跑的前兆。這裡是熱海鼎鼎大名的樋口旅館的別墅。女服務生也泰半是從熱海的樋口派來的。就像在冷清的漁村或山村突然蓋起東京資產階級的別墅。

七、八年前，我曾在熱海租賃別墅住過一個冬天，當時整個城市就已充斥色情行業，小商店的女人都梳著漂亮的髮型化了妝，看似吃軟飯的年輕人很多，有種只招待名流富豪的味道，讓我覺得很不舒服。但如今據說街頭充斥的新派女人，在當時好歹尚未蔓延，之後每次搭乘交通工具似乎都變得更普遍，如今已不只是好惡的問題，對於這種都市力的發展，毋寧只能嘆為觀止。

一流旅館爭相狂奔整建設備，想必出乎旅客的意料。就拿競相新建或改建大房子的流行來說，那不只是出於虛榮，也是因為那左右了生意興衰，因此漸漸不能再堅持什麼歷史悠久或老店格調了，哪怕是咬牙借貸，總之絕對不能輸給其他同業。就跟東京各行各業的激烈競爭是同樣道理。不僅浴池要大，配備的體重計、電動按摩椅，乃至廁所的設備都得一一競爭。連旅館的女服務生也是，熱海雖然號稱東京的入口玄關，但是比方說吧，郊外宛如百貨公司或醫院的大型飯店蓋到一半忽然停工，久而久之就像化為廢墟的日本劇場一樣，看起來像鬼屋。那或許也是今日熱海的另一面象徵吧。據說建築商因金錢問題觸犯法網。

熱海飯店已落入根津嘉一郎[1]之手。熱川這一帶也是，得知已被地產公司買下土地並分割出售後會吃驚的人才是傻子吧。這不是每個溫泉區常有的情形嗎？是村民自己把土地廉價賣掉了。我不禁感嘆村民太傻，但女服務生回答，問題是農民缺錢呀。村民就算擁有土地，也不可能貿然砸大錢試挖溫泉，更沒有那個能力蓋旅館。這裡的海灘水淺多石，船隻無法停靠因此也沒有漁夫，只有少數農民散居各地而已。

在地產公司的經營下，樋口別墅下方也出現越來越多溫泉旅館，據說連藝妓館都有了。如今這家旅館已成為一大家族企業。五、六百公尺之外還有五、六家簡陋的溫泉旅社，面向海灘，冷清又老舊。這就是熱川溫泉。是我打從十年前就常聽徒步旅行的學生提起的熱川溫泉本來面目。樹木稀疏的小山重疊，毫無風情可言。溫泉旅館的周圍幾乎不見民宅，更增添了幾分荒涼。不過，蕎麥麵店和壽司店據說有

1 根津嘉一郎（1860-1940）：日本的政治家、企業家。參與日本國內多項鐵路建設，有「鐵路王」之稱。

五、六個女人常駐。

熱海的藝妓及陪酒女郎加起來據說多達三百五十人。昨天早上，伊東三業[2]工會的女人們聲勢浩蕩地去看下田的黑船祭。伊東的陪酒女郎跑到馬路上拉客的情景，事到如今毋庸我再多說，但旅館常駐十名女郎，還有專用溫泉，甚至備有西式房間，聽起來遠比東京類似的場所更氣派。在旅館領班的帶路下大略參觀了這個地區，領班是個走路極快的男人，而且在夜晚街頭的光線下，看起來倒也有姿色不錯的女人。她們搭乘公車湧入下田的情景，想必也是奇觀。

附帶聲明以供參考，這家旅館一晚的房間分為四圓、五圓、六圓，小費廢止後改為加收一成服務費，原本熱川的旅館頂多只要兩三圓，相比之下果然不負熱海別墅之盛名。這次旅行我本來抱著來鄉下旅館的打算，結果卻誤入都市風格的旅館，因此從今井濱溫泉途經峰溫泉，看過黑船祭就打道回府吧。今井海濱號稱伊豆的舞子海[3]，旅館卻只有一家今井莊，看起來同樣走都市風格，住宿費和這家樋口別墅一樣，不過溫泉好像是從峰溫泉引來的。峰溫泉如同湯湯大河水量豐沛。溫泉噴出的情景，我以前在湯島溫泉時曾經見過。說到這裡，湯島如今也有了藝妓館，整個城市被七彩霓虹點亮，與《梶井基次郎全集》中描述的模樣似乎已大不相同。

昭和九年六月《文鳥》

2 三業：料亭、幽會茶屋、藝妓館這三種行業的總稱。

3 舞子海濱位於神戶市，自古便是知名的名勝景點。

輯二　旅寂之心

只要坐上火車便可遺忘一切，
他是個知道何時該告別的「明智的旅人」。

正月三日

一

無論是櫃台角落或走廊一隅都行，只要有個地方讓我睡覺即可——每到除夕總有旅客這樣苦苦哀求。也有些旅客乾脆坐在旅館玄關賴著不走了。熱海客滿就去伊東，伊東客滿又去熱川。甚至繼續湧向奧伊豆，只為尋求當晚一席棲身之地，就像從戰亂之都逃難過來的難民般四處流竄。

他們一行四人都不是那種會事先預訂房間的客人，之所以還能在熱海旅館的四坪房間聆聽除夕鐘聲，不得不說純屬僥倖。

到此為止還好，但就寢後，兩家的妻子都得意忘形，打開話匣子就停不下來，直到深夜三點還在高聲大笑，弄得二個做丈夫的都受不了了。

兩個丈夫從中學到大學都是同窗，是名符其實相交二十年的老友，但妻子之間並無特別交情。在東京車站說聲好久不見時，和第一次見面打招呼的客套程度沒兩樣。看到妻子們當時客氣的模樣，兩家的丈夫都露出有點尷尬的表情。

結果不知怎地，到了熱海的旅館躺下後，兩個女人一下子像是肝膽相照的十年知己，撇下丈夫居然聊得越發熱絡。

站在丈夫的立場，從除夕到初三，預定遊覽伊豆地區的各大溫泉，所以起先當然也很興奮。二對夫妻難得同住一室似乎也替對話火上加油。偶爾出門旅行一趟竟能讓妻子如此開心，做丈夫的自然也很滿足。

但不久就被妻子給徹底打敗了。二個丈夫陷入沉默。只是不時附和一下發出無力的笑聲。

飯田礙於松本的太太友枝在場，不好意思直接命令老婆趕快睡覺。松本也同樣顧忌飯田的太太町子，不好意思罵妻子吵死了。

總之能夠安穩躺在旅館的榻榻米上——雖不知是三流還是四流旅館——正如友枝在被窩一再炫耀的，是因為抵達熱海車站時，她提議先走走看再說。

東京車站就已擁擠得夠瘋狂了，火車上也擠得沒位子坐，熱海車站的喧囂更是可怕。被人潮推擠著出了剪票口，只見旅館的領班們聲嘶力竭，但那當然都是來迎接事先預約的客人，為了送客人過去，就連領班們都得殺紅了眼爭奪計程車，飯田與松本當然等上再久也坐不到車。再看看公車，已經全部客滿。雖有旅館工會的服務處，但是臨時出現的遊客通常會被留到最後安排，況且問起除夕夜哪家旅館有空房間對方當下也答不出來。俗話說「正月頭三天熱海人眼色變」，似乎就是因為大家都忙得一團亂吧。一行四人束手無策，呆站了一會，始終沒有輪到他們被安置。友枝索性打起精神提議不如先走走看。被這麼一說才發現，路上的確有很多遊客絡繹步行。

見飯田替妻子拎包，松本也朝自己的妻子伸出手，但友枝說提包很輕沒關係，不肯交給他。兩個妻子的包裡都只裝了日式短掛與夾衣。友枝及町子皆已三十出頭，又適逢新年假期，所以決定先穿正式的黑色短掛出門，至於替換的衣物，兩個妻子已事先用限時信商量過了。在東京車站加入買票的隊伍後，松本說四人一起排隊是多此一舉，不如他一人去買就好，這是他向來喜歡照顧人、當老大的老毛病又犯了，但飯田還真的撂下一句「拜託你了」就乾脆地離開隊伍，令松本的妻子有點不滿，因此這時看見飯田彆扭地替老婆拎包，友枝不禁暗自偷笑。想必，待會在每家旅館門口詢問有無空房間時，又會是松本出馬交涉，但友枝很想對松本講悄悄話，勸他今天不如安分地待在後頭，讓飯田自己出面去解決。不過撇開那個先不談，這樣絡繹走向市區，大家究竟能不能找到地方投宿呢？好像只是盲目跟隨足音雜沓的人潮前進，心情有點徬徨。不斷有汽車自後方超越自己一行人，車內的乘客穿著似乎也和自己這些人大不相同。

不料，不知是從陰暗小巷的何處冒出，竟有替旅館拉客的人緊隨四人而來。看起來像是黑牌掮客，感覺很詭異，不過此刻頗有碰上及時雨之感。一流二流的旅館領班會到車站前候客，但以下不知算第幾流的旅館領班通常聚集在離車站稍遠的街頭，大概是要撿些散客。碰上徒步的遊客便會緊跟不放。

「你們旅館有溫泉嗎？」

松本忽然寬宏大度地打開金口。

「您別開玩笑了唄，先生，就算找遍熱海，也找不到哪家旅館沒有溫泉。咱們旅館當然有……」

領班對旅館設備引以為傲，口氣像要強調四坪房間的客人臨時取消預約是先生您走了大運。

「去哪家還不都一樣，只要有地方睡覺就好……反正我來的時候就有心理準備了。」友枝說。最後拍板決定今晚住處的，還是松本夫婦。

站在看起來就很廉價的旅館玄關，四人不禁面面相覷，但領班已將行李送去二樓，事到如今也找不到其他旅館。

料理看起來樣式雖多，內容卻乏善可陳。寢具連自家的都比不上，想到這樣也算是在新年泡溫泉，真是寒酸。還不如往年帶小孩去銀座逛逛，全家人一起迎接元旦的過年方式。之前是被蜂湧而出的新年旅客那種群眾心理煽動才出門旅行，可四人如今就像是中邪後忽然清醒過來了。妻子開始擔心家裡，也不放心小孩。

於是兩家的妻子用盡平日所知的字眼大罵這家旅館的建材及用具還有料理，最後達成「這家旅館是黑店」的結論。就連平時含蓄內斂的町子，也憤憤不平地嗅聞菜餚氣味，掀起床單捏捏底下的被子檢視，把町子的丈夫飯田都嚇到了。做起這種舉動時，町子給人的感覺比友枝更現實。松本愉快地笑了。飯田對妻子露出責備的眼神，但町子完全不予理會，飯田嗯嗯啊啊附和幾句後，自己的氣好像也消了，說來還真奇怪。他站起來，去觸摸壁龕掛的書畫的裱裝，紙張發出的聲音很廉價。

這下子，大家都充分達成理解了——住在這種破旅館，並不合乎他們的身分，但也不是他們的錯，只是因為碰上除夕夜沒辦法。

他們心滿意足下樓去泡澡，所謂的大浴池也只能勉強容納五、六人，另一個小浴池當然更擠。大浴池的客人之中也有女人，二個妻子卻打退堂鼓了。

而兩個丈夫抱怨，

「比公共澡堂還差勁，水很混濁……」

但他倆還是泡了鹽溫泉才回房間，只見鋪好的四個被窩中，兩個妻子正在其中二張床上聊得如火如荼。妻子開心當然是好事，但二人到底是幾時變得如此親密？兩個丈夫哭笑不得。結了婚的女人聊起來簡直沒完沒了。丈夫雖也不時插嘴，但立刻被妻子冷落到一旁。聽著二個妻子的對話，男人的生活看似話題更多，其實完全沒有確實扎根於生活的話題，女人看似過著話題貧瘠的生活，但日常生活的一切好像皆可成為扎根於現實的話題。

比起相交二十年的二個丈夫，彷彿今天才初次碰面的妻子們，似乎更能夠討論彼此生活的私密話題。

丈夫怕妻子抖出家醜，正在暗自捏把冷汗之際，妻子卻像藝高人膽大地走高空鋼索般閃身而過，反倒因為那種危險的刺激似乎越發聊得開心，二人都背對著丈夫，繼續滔滔不絕。松本的妻子友枝不時還突兀地高聲大笑，那種笑聲飯田在今晚之前從未聽過。她們肆無忌憚的聒噪恐怕吵得隔壁房間的客人都睡不著，笑聲中卻又有種彷彿出自柔軟咽喉的味道，令人聯想到女人的肉體。毋寧極為煽情。飯田覺得自己似乎發現了友人之妻的神祕魅力。妻子們這樣興奮，或許也是離家在外過夜帶來的刺激所致。

不過，丈夫們終究累了。松本一再大打呵欠。飯田看看枕畔的時鐘，已經三點了，於是他問妻子要不要去泡溫泉。妻子們之所以遲遲不睡，一方面也是為了等待浴池騰出空間。

「算了。已經不冷了。」

町子嬌聲說。

「我們不就是來洗去一年汙垢的嗎？雖說聊天已經掃去不少心靈汙垢了。」

友枝說到這裡放聲大笑，爽快地爬起來，拽著町子的手，

「如果還留著今年的汙垢，可就沒有過新年的氣氛了。」

「哎呀，現在早已是元旦囉。」

「原來如此，元旦啊。」

松本說。

妻子去澡堂後，二個丈夫沉默片刻。

熱海街頭似乎也暫時陷入沉睡，只有遠處不時傳來聲響。

友枝看到町子雖然膚色白皙卻很乾扁的身體後，萬一告訴松本那該多討厭啊，飯田如此暗想。照她們親密的樣子看來，八成正互相替對方刷背吧。

松本又打了一個呵欠，

「原來如此，元旦啊。真是了不起的元旦。」

他如此咕噥著笑了，

「喂，咱們已經四十歲了。」
「嗯，四十了。」
又是片刻沉默後，
「町子嫂子的字，和你的字體很像。」
松本一臉佩服地說。
「會嗎？」
「不過，你老婆滿厲害的。」
「厲害。」
飯田說著，消沉地皺起臉。
「你們家好像感情不錯。」
「你說夫妻感情嗎？該怎麼說呢，我是沒想過啦，算是很平淡吧。我老婆身體好，從來沒生過病，所以我也無甚反省改善的機會。大概就如同世間一般夫妻，彼此都對對方失去興趣了吧……」
「少騙人了。不過，夫妻生活的真相，的確無法貼切地向他人說明。即便無意掩飾或粉飾，也不知從何說起。」

「嗯……喂，你都四十歲了，與其那樣研究夫妻生活，還不如在外面玩玩女人，你老婆會更輕鬆。反正我們也不是那種能夠斷然離婚的人。想多了沒意思，老婆也很庸俗，所以只能忍耐。」

「話是沒錯，但沒有哪個女人真的庸俗。」

「喂，你居然講這種話……」

「你一定是有女人了吧。」松本得意地斷定。

「沒有。」

「要不然，就是被你老婆壓得抬不起頭。」

「胡說八道。」

「是嗎？那好，明天你們夫妻吵架給我看。元旦一大早就吵架。這下子才有趣。我也來吵架吧。喂，旅行期間，如果正月頭三天二對夫妻都在吵架，豈不是很精彩？喂，就決定玩真的吧！」

松本說著，愉快地笑了。

飯田以為他在開玩笑，

「那種鬧劇有什麼好玩？不過說到這點，你老婆友枝看起來的確是吵架的好對手。」

「你老婆都是玩陰的嗎？不過，如果不耍點陰謀，就不好玩了。我可不是那種沒事會帶老婆來洗溫泉的人。」

這時妻子們回來了，於是丈夫們緘默不語。

然後，他們從被窩望著二個妻子親密地共用一個紅色坐墊坐在梳妝台前。

二

元旦早晨八點多醒來，陽光已灑遍整個房間，也可以看見溫暖的海洋。海岬上空沒有一絲微雲。簡而言之天氣不壞。

女服務生送來屠蘇酒及年糕湯後，町子肅容自坐墊退後一膝之地，

「恭賀新年。感謝去年的照顧……」

她首先對松本這樣規規矩矩拜年。然後對友枝，最後對自己的丈夫飯田也說出同樣的話，

「今年還請繼續關照。」

就此結束。

松本夫妻被對方搶先一步有點困窘，

「你家家教真好。」

「你講話太失禮了啦，老公……」

友枝急忙勸阻丈夫。

「我哪裡講錯了？結婚這麼多年，我還沒聽過妳向我拜年呢。」

「咦，真的嗎……？」

「見微知著。畢竟還是因為出身不好。人受限於職業，洗衣店就是洗衣店，肥料公司職員就是肥料公司職員，一輩子的生活都在那個框框內，但生活卻會因妻子有很大的差異。拿職業與妻子相比，毋寧是妻子的影響力更大。」

「你這是什麼話！自古以來，不是都說女人的終生禍福倚仗良人嗎？」

「哼，要吵架嗎？」
「好了啦。大過年的吵架多不吉利。」
「世間夫妻還真奇怪。唉，真奇怪啊。」
飯田笑嘻嘻地傾聽。松本始終一本正經，
「我只不過與飯田伉儷住了一晚，就大有領悟。」
「好啦好啦，今後我一定每年都會向老公你拜年……。也會每天恭送你出門恭迎你回家……。不過，對象是你，好像有點不搭調耶。」
「重點就是這個對象！假設說吧，我是和町子結婚，町子和我，現在八成不是這樣子。肯定變成更不一樣的人了。妳說對不對，町子嫂子？」
「唔。您真愛開玩笑……」
町子說著，瞄了自家丈夫一眼。友枝這下子不高興了，
「那種事，不是理所當然嗎……」
「理所當然？這叫做理所當然？妳到底懂不懂啊？」
「真可笑，那是喝醉的書呆子才有的論調。」

「妳如果和飯田結婚了，現在就會變成另一個人。」

「你夠了沒啊，真囉嗦。」

「想想很奇妙。」

「是啊是啊，只要町子願意，我隨時可以和町子交換身分，幫助飯田先生功成名就，到時候對你還以顏色。」

友枝說完才驚覺失言，可惜已經太遲。本來只是隨口回嘴，但她不該說出「幫助飯田功成名就」這句話。飯田佯裝若無其事說，

「那我還真希望如此呢。」

「像你這種窮鬼，居然也有如此野心，倒是讓我刮目相看了。」

松本也語帶嘲謔，笑著對町子說，

「大嫂，其實昨晚你們去洗溫泉時，我們兩個設計了一個陰謀喔。」

「噢？什麼樣的陰謀？怪可怕的。」

「其實我們也在浴池中設計了陰謀，對吧，町子？」

友枝也不甘示弱說。

「對，沒錯。」

町子說著微微一笑。

打從昨晚，松本就一副理所當然地大搖大擺坐在壁龕[1]，雖是他天生愛耍寶，但總覺得大家都在刻意討好町子，這讓友枝很不服氣。她覺得町子故作乖巧，昨晚町子跟她明明聊得那麼熱絡，今早卻不知怎地就是不吭聲。

「那我們就出發去做陰謀之旅吧！」

松本又開始流露喜歡指揮別人的本性。

旅館之間頂多只有一兩圓的價差，所以當然應該去住第一流的——這是松本出發前的意見，況且這樣的三流旅館反而更有可能敲竹槓，沒想到一看帳單，

「很便宜耶。早知如此就不說那麼多壞話了。」

友枝羞愧地說。松本也點頭同意，

「早上這麼看起來，其實也沒那麼糟。這裡好歹是熱海。」

---

1 壁龕是用來掛書畫、插花的擺飾區，通常不能坐。

「幸好『這裡好歹是熱海』。旅館靠著小資本努力開源節流，甘於第幾流的地位，還能這樣小本經營下去。唉，就像我們一樣。」

飯田也變得老實了。

「喂，別說喪氣話了。所以我才說就算打腫臉充胖子也要住一流旅館。抱著昨晚的高昂鬥志走吧。這點還得期待兩位太座的虛榮心呢。」

松本如此表示，但友枝渾身無力，

「太座也睏了。」

他們一行人接著搭乘火車去伊東。伊東車站也同樣人潮洶湧，但國旗飄揚的城市上空有風箏，頗有新年氣氛。不過，他們已無暇觀賞那種東西，只顧著拼命搶先搭上開往下田的公車。友枝在這方面相當拿手，機敏地鑽過人群後，厚著臉皮占了四個人的位子。町子是被丈夫硬推上車的。

町子尷尬地坐在友枝賣力替她搶占的位子旁。然後，朝友枝的頭髮伸手撫了一下，替她整理亂髮。

「啊？」

友枝狐疑地看著町子，頭一歪，
「町子好溫柔。」
「討厭，少來了。」
「不，自從我自女校畢業後，就再也沒有人替我做過這種事。」
「真的？」
「最近又開始流行在頭上綁蝴蝶結了。」
「是啊，大概是因為花俏的捲髮不流行了。」
「我看到蜜月旅行的新娘子綁了好大的蝴蝶結。」
「那樣也很可愛。」
「兩個男人的陰謀不知是什麼。」
「我也不知道。」
「飯田先生沒有偷偷告訴妳？」
「應該根本沒什麼吧？」
「話是這麼說啦……。我們也偷偷進行吧？」

友枝說著，把嘴巴貼到町子耳邊囁嚅。

客滿的公車上，町子為了閃躲，故意向後扭頭。

「松本先生好像睡著了。」

「他向來如此。真是受不了。」友枝說。

但當車子駛近傳說中曾我兄弟之父遇害的地點，女車掌開始講述曾我故事時，友枝自己也已倚靠町子睡著了。

町子朝後方隔了三、四排的飯田轉頭，夫妻倆相視微笑。

但飯田也在車抵熱川前打起瞌睡。

一行四人中，看見伊豆東海岸景色的，只有町子一人。她雖然也很睏，可是一閉上眼，頭腦反而更清醒更睡不著，於是她決定就算賭上一口氣也要看清這美麗的海景直到車抵下田。

不過話說回來，她很羨慕睡得著的三人。明明自己身體最差，偏偏自己只要搭乘交通工具就絕對睡不著，想想還真可憐，孤獨感霎時掠過腦海。

松本當然不用說，就連飯田的睡相也好不到哪去。看起來是多麼疲憊愚蠢啊。

町子驀然感到一種背上竄過惡寒的厭惡。

町子朝著可以看見大島及利島的正午海面昏昏沉沉望了一會後，想起自己也曾抱著這種厭惡感與丈夫肌膚相親。

正如今早松本故意找碴似的說法，夫妻關係的確很奇怪。她對松本的說詞雖然毫無感覺，但當初如果真的嫁給別的男人，現在不知會是怎樣？不過話說回來，一想到假使自己是和松本結婚，町子厭惡得簡直渾身發抖。一時之間也想不起來別的男人。果然除了嫁給飯田無法想像其他可能，不知為何這讓她現在不太高興。町子對於自己內心的叛變心思，只感到茫然的悲哀。

丈夫當然也曾幾度想過與其他女人結婚吧。他甚至曾親口說過，在精神上也幸福結合的夫妻只能到天堂尋覓。虧自己居然能泰然自若地跟他生活到現在。

町子取出粉盒照鏡子，眼角看不出什麼疲色，還算滿意。

不過，從稻取至白濱一帶，景色越來越有意思，町子每次都忍不住朝飯田那邊扭頭。飯田依然呼呼大睡。

町子忘不了友枝之前的失言，聽起來也可解釋為是町子阻礙了飯田功成名就。

飯田與松本就大學學歷而言都不算是特別出人頭地，只是平凡的上班族，但町子認為飯田至少還會看一些比較好的書。此外，認清自己的丈夫是個無能的廢物，對女人來說太可怕，絕非易事。但男人如果對妻子絕望了，也會因此失去理智、生活破滅嗎？這麼重要的事，迄今居然沒發現，今後顯然必須和丈夫好好研究看看。

為何不是夫妻倆自己來呢？町子忽然很想在離家外出的旅行地點熱情如火地疼愛丈夫。就在車子已進入下田的柿崎時，丈夫等人終於醒了。

在公車終點站一下車，松本就用力伸懶腰說，

「啊——睡得好熟。下田原來是這樣被群山環繞的城市啊。看起來很古老，是個好地方呢。」

然而飯田則是一臉沒睡飽的神情，還在發呆。

「好了，那就明天去修善寺，今晚先在這一帶過夜吧。蓮台寺、河內、下加茂，等於稍微往回走一段路，不過沿路有峰、谷津等各種景點，想必隨便找都有地方落腳。明天去修善寺的路線有二種，分別是越過天城嶺以及繞道西海岸從土肥過去，我看不如就選路較遠的西海岸趕路吧。」

在松本還滔滔不絕時，友枝似乎已迅速找到旅館領班打聽過了，

「蓮台寺和下加茂據說都已客滿囉。」

「好，那就去土肥吧。如果土肥也客滿，就直接趕往修善寺，搭末班車回東京。」

「你別開玩笑了，喂。」

飯田說著苦笑，卻也只能乖乖搭乘開往土肥的公車。

「其實在自家過新年也不錯。初二就可以去拜年，不用擔心缺了禮數。咱們這樣也算是周遊伊豆溫泉區了。」

松本的發言，令公車上的乘客也笑了。

「就是啊。我們和你一樣，都已經受夠了。」

也有人如此贊同。

「也算是迅如疾風吧。」

過了下加茂將要翻越蛇石嶺時，這次很感人地，一行四人都是清醒的，但在松崎港出現前，先是飯田睡著，接著松本夫妻也陣亡了，堂島一帶的美麗西海岸，到

頭來還是町子一個人欣賞。連她都開始覺得很可笑。

西風增強了。傍晚的土肥海岸白浪滔天，松樹咻咻作響。下了公車，寒風令人猛打哆嗦。只要有房間就好，已無人像昨晚那樣計較旅館房間的好壞。如此一來，反而有種豁出去流浪的喜悅。

「這樣會感冒。我們也去泡溫泉吧。」

在友枝的勸說下，二個妻子也像把羞恥心遺忘在途中，和丈夫一起去浴池。

町子坐進溫熱的水中，許是因為之前太冷，這下子閉上眼幾乎落淚。

飯田驚豔於友枝的美妙身段，連忙低頭。

町子見到那一幕，縮起身子，忽然萌生某種強烈的情緒。

友枝開心地把腿伸進水中。

那晚妻子們沒有聊天。松本立刻鼾聲大作。四人的親密好像更進一步，是安詳深沉的睡眠。

三

越過船原嶺，公車的車掌開始描述小說家岡本綺堂寫的修禪寺故事時，連町子都昏昏欲睡了。

友枝從土肥的旅館打電話到修善寺，訂的大概是二流以下的旅館，不過好歹訂到二個房間了，因此今天總算可以安心。

如在山谷間的修善寺很冷，彷彿連桂川的水聲都添了一分徹骨寒意，與熱海差了十萬八千里。

各進各的房間後，松本立刻無所事事，

「飯田那傢伙不曉得在幹嘛。」

「八成鬆了一口氣，正在慶幸吧。」

「是啊。不過夫妻關係帶有排外的性質，有點討厭。」

「你這人怎麼新年期間都在發表夫妻論。是吃錯藥了嗎？」

「不，我們夫妻之間關係平和，因此毋庸討論。」

「怎麼說？」

「可不是很平和嗎？」

「我是不太懂啦，但關係平和的夫妻最好？」

「在這世上恐怕沒有比這個更可貴的了。」

「若真是這樣，我當然很高興……算了，就姑且當你說得對吧。」

「俗話說有其夫必有其妻嘛。」

「不過，町子好像相當難纏。」

「是啊。不過那位大嫂相當厲害喔。飯田有點被她吃得死死的。」

「我看不見得吧。町子的心思相當纖細，伺候丈夫非常周到。」

「如果不周到，就不叫做真正吃定丈夫了。」

「噢？你這話倒是說得很有玄機。不過，是因為與飯田夫婦共住了一晚，有所感悟才這麼說？」

「妳才是吧？和飯田的老婆簡直像瘋子似地聊到三更半夜。」

「我也對町子的饒舌很驚訝。」

「妳少裝無辜了。妳不知道這樣會讓妳看起來很好擺布嗎？」

「那應該是你吧。不過，女人如果不那樣，就很難親近起來。」

「這倒是真理。」

「看那樣子，飯田家這對賢伉儷，肯定感情不好。」

「少胡說了。」

「我哪有，是你自己不懂。」

「飯田他老婆不是很可愛嗎，身材也是……」

「你偷看人家了吧？我問你，你是不是很希望我跟她交換？也不知道人家町子有多嫌棄……」

「會嗎？」

「生理上的反感吧。你這人還真是少根筋……」

「好，我找機會問問。喂，要不要去飯田他們房間玩？」

「算了啦。人家兩口子好不容易在三天後終於可以獨處……」

「又不是新婚……兩人這樣乾坐著也不是辦法吧？」

「你這人，每次都立刻這樣。拜託你穩重一點。」

「要穩著點是吧？不過，兩個人在一起，可不能大過年的就這麼嚴肅。」

「這有什麼不好？」

「不如來研究一下夫妻的尊嚴？」

「偶爾倒是可以。夫妻好像真的是一種奇怪的關係……」

「不過，一直躲在房間不出聲，也會讓人想歪喔。」

松本說著，已經站起來了。

「你真的很荒唐……」

友枝也忍不住笑了，跟著他出來。

飯田夫妻雖然殷勤歡迎二人，

「累了嗎？」

「不，還好，不過這裡好冷……」

「至少比東京好多了吧。還可以泡溫泉。」

如此這般，對話異樣沉悶。

友枝催促丈夫速速離開。

飯田似乎對松本有點愧疚，因此町子為了讓丈夫打起精神，

「沒想到友枝這麼溫柔。只不過幫她整理一下頭髮，她就好高興。他們夫妻倆都很親切。」

「嗯。松本那傢伙，還在學校時就很尊敬我。因為他自己成績不太好。」

「噢？我也這麼猜想。」

「不過，他現在好像很幸福。」

「或許幸福，但我討厭像那兩人一樣。我不要。」

町子說著拼命搖頭，眼泛淚光。

「我啊，想了很久。然後，我決定要更加更加珍惜你。從這個新年起，重新開始。你能帶我出來旅行真是太好了。能夠兩人獨處，更好……」

「不過，妳好像很累了。」

「不，一點也不累。」

對門兩三個房間之外，又傳來友枝那健康的大笑聲，飯田見町子似乎燃起有點

傷感的愛情，自己也隨之沉溺其中。

初三早上，他們在修善寺悠然散步後，搭乘公車經過長岡、古奈、函南等溫泉區，坐上火車。

「喂，不是說有陰謀嗎？」

飯田快活地說。

「急什麼，留到日後吧。」

「回家以後就沒啥好怕的了。家裡可是我的天下。」

町子說著，也很活潑。

「看吧，果然被老婆吃定了。」

松本說著笑了。

他們就這樣平安回到東京。這樣也算是周遊伊豆溫泉之旅，他們興致勃勃談論著這是多麼幸福……

昭和十五年一月《中央公論》

山茶花

連女人看了都覺得性感——滯留在妳任職的溫泉旅館的女流小說家，如此寫到妳。妳應該看了那篇小說吧。上次阿芳從山中溫泉來熱海玩時這麼說過。

「結果加代看完怎麼說？」當時我問阿芳。

「加代倒是沒說什麼……」

小說的話題就此打住，自己的個性像拍照般被人如實寫成文章，不知是什麼心情。更何況這次發生這種事件，妳難道不會想起那篇小說嗎？

說到這次的事件，妳大概很驚訝吧。說不定驚訝之餘，更氣憤阿芳把這件事告訴我。的確是阿芳說的。但這次的事我壓根不以為意——或者該說，我的確吃驚，但我並不認為妳是壞女孩，或小小年紀就不檢點，換言之我絕對沒有把妳往壞處想。不僅如此，還想安慰妳受傷的心靈，所以才提筆寫這封信。

妳或許會笑話我吧。也許妳還覺得要怎麼想都用不著我多管閒事，我只不過是毫不相干的外人。或許認為如果我到現在還記得妳，八成也是因為妳的姿色「連女人看了都覺得性感」。說不定的確如此。

不過，阿芳說了很多關於妳和阿辰的事。

「聽到我說要來木谷先生這裡，阿辰就直流眼淚。」

「噢。」我說著，垂頭不語，忽然感到心頭一陣刺痛。

「阿辰說，打從木谷先生您就讀中學時，她就認識您了。」

「不是中學。其實是高等學校。我也是從她頭上綁著像眼鏡一樣的小包包上小學時就認識她了。」

算來已有十年。在那段期間，短則一兩天，長則一年半載，阿辰會在我每次去溫泉旅館住宿時替我的房間開門、鋪床、送餐點，替我打理生活瑣事。所以「心頭一陣刺痛」想必是思念山間溫泉那種觸感的情懷，是思念故土的情懷吧。連著去了十年，難免會湧起猶如思鄉的懷念之情。

不過，我可不只是因為妳同樣也在那家溫泉旅館替我服務多年才記得妳喔。是因為我知道妳的祕密。說祕密或許太誇張，但妳如果聽到我知道此事，八成會面紅耳赤地生氣吧。不是別的，長達半年多的時間妳都是吃我吃剩的東西呢。

當我得知此事時不由心虛垂首，總覺得很愧疚，很可憐妳。當然，我不該這樣憐憫妳。但是，後來我總覺得妳特別惹人憐愛。——有個美少女居然天天吃我吃剩的東西。

旅館不會讓女服務生吃客人餐盤剩下的菜餚。其他的女服務生也不想吃。聽說妳也沒有碰過其他客人的剩菜。

「是長期相處很了解的人，所以一點也不髒。」聽說妳曾如此表示。這是多麼有女人味的親密。若非妻子或妹妹，若非真的很飢餓的人，恐怕不大會做那種事吧。因此就對妳美麗的臉頰血色感到愛憐——感到彷彿乳房流淌乳汁般，我吃過的東西流入妳的體內——妳想必會笑我愛作年少天真的白日夢吧。若只是笑還好，但妳肯定厭惡那種下流心思。

然我有著這樣脆弱的夢想。為了那種無聊瑣事憐愛地想起妳，忍不住寫信給妳……

阿芳昨日回去了。我想妳大概已聽說我這邊的消息，我在十二月十日左右來到熱海避寒。抵達的翌日去梅園一看，花已綻放。海邊的石崖上，蒲公英悄然開花。法院的庭院中，比我還高的大仙人掌也開花了。我家地板下方的泥土被溫泉烘得熱呼呼，脫下扔在玄關的木屐都是熱的。而且之前的溫暖讓路旁櫻花都開了。

去年正月我也在那邊，雖然同為伊豆，山間與海邊大不相同。我想起當時在街道一下車，立刻有種清冽的徹骨寒意伴隨溪流水聲撲面而來。不知妳是否也會憶起熱海的冬天。憶起妳位於熱海海岸漁村的故鄉。

「我記得她說是什麼專做人造花的藝妓館。」

我與阿芳在街上散步時，還特地找過妳以前待過的嬸嬸家喔。

「存了四圓就寄了二圓給祖父。當然也可以寄三圓，但那樣的話我自己就不夠用了。不過總比待在熱海好。如果待在那裡根本不可能寄錢回家。」那是妳來旅館不久之後便對某人提起過的家。

我們最後並未找到妳家，因為沒找到，所以今天送阿芳去搭車後，我忽然很想徒步走去妳的村子看看。從熱海沿著海岸經過網代港，順著通往伊東溫泉的汽車道走去，就散步而言妳的村子有點遠，不過這段海岸線很美。從熱海過去的話，妳的村子入口便是墳場對吧。我一路走到了那個墳場，從墳場可以將妳那個位於海口的村子盡收眼底。還有，我抵達那裡時正巧有棺木從街道下方的寺廟抬上墳場安葬。如果去妳的村子，就得與那些參加喪禮歸來的村民們打照面，因此我只在山丘俯瞰風景便心滿意足打道回府。

請別怪我提到什麼喪禮。因為對我而言，棺木前面供的幾束鮮花，真的清新可人，是令人著迷的南國風情。有山茶花、柑橘和枇杷，全都是妳的村子出產的。是南方海邊的花束。死人如果把那三束花帶去死亡的國度，想必陰冷的冥府也會瀰漫南方海洋的氣息吧。

插在竹筒中的山茶花彷彿繁花盛開的森林，柑橘好似枝頭結實累累的橙色果林，那是因為現在正值開花結果的時節，但是看到帶有橙黃枇杷的花束時我真的嚇了一跳。這不是夏天的水果嗎？村子的枇杷樹竟已結果了？還有，山茶花束讓我又看見年少的夢想。

我連被安葬的死者是男是女是老是少都不知道。然而看著山茶的紅花，我總覺得死者是年輕姑娘。只能是個穿著深藍色棉質工作服，臉頰紅潤的南方漁村姑娘。

於是我忽然很想對妳說，

「等妳死了請回到這個村子。」

可見這些花束是如何打動我的心。講這種不吉利的話還請見諒。即使妳成了白髮蒼蒼的阿婆才死去，妳的村子供奉的花束肯定還是會讓人認為棺中的妳是南方漁村少女。就算從這次的事件看來，妳的一生也絕不可能安穩告終，但哪怕妳變得像惡鬼一樣可怕，棺中的妳還是會讓人覺得是清純少女吧。

當我這麼胡思亂想眺望葬禮之際，放學歸來的一群小女孩經過。

「給我！」

「給我！」

「我要柑橘！」

「我要枇杷！」

女童們竟然爭相叫嚷著撲向棺木前的花束。這一幕讓我目瞪口呆。因為這才是前往墳場的途中呢。然而這種絲毫不避諱死人及喪禮的開朗態度也很美。不知妳以前是否也曾去棺木前搶食柑橘與枇杷？

我也很喜歡妳的村子。雖是晴天但昨日看不見大島，況且西邊背山，天黑得特別早，因此我從墳場旁的街道眺望時已是夕陽西下炊煙裊裊。海口幾座山的山腳重重浮現。海口散布民居，我從未見過如此豐饒的村子。海邊並排停靠的漁船都很亮麗，看不到哪家的稻草屋頂破損，顯然家家戶戶不愁吃穿。像妳家這樣必須去外地打工的貧戶——抱歉——我一戶也沒看到。真的是個好村子。

不過我只是從山丘遠眺妳的村子，自然不可能明白妳兒時吃過的苦。就好像光看下田這個城鎮，無法理解阿淺去鹿兒島的心情。

我聽阿辰說，阿淺又回來旅館工作了。迄今我仍不時想起阿淺的鹿兒島之行。那時她年方十六吧。聽說她搭乘從鹿兒島來捕鮪魚的漁船去了鹿兒島。後來又搭乘鮪魚漁船回到下田。全船近二十個大男人就只有她一個小姑娘。她說究竟花了幾天才抵達鹿兒島都記不清了。每次抵達港口都是夜裡所以好像一次也沒上過岸。因此漫長的船旅期間只看到海水和各個港口夜晚的燈火。她那大膽的行徑令我瞠目結舌，但阿淺告訴我這段經歷時壓根不以為意，令我更感不可思議。阿淺肯定是把自已當成男孩子去搭船。不過她終究是十六歲的小姑娘。我不得不懷疑，下田的女孩連那種事都能坦然做得出來嗎？南方港口專門出產那樣的姑娘嗎？說到這裡，妳任職的那家旅館中伺候我最久的阿勝，好像也是十三歲那年獨自從滿州回來。與妳一樣遭到繼母虐待。

不過，聽著來旅館工作的大批女人各有各的不幸身世，我漸漸覺得年輕女孩無論做出任何事都是理所當然，不再責怪她們了。所以，這次妳把學生推落山崖，與妳十一歲時將剛出生的嬰兒一手拉拔到三歲大，在我看來都是一樣的。如果往事不能褒獎，那麼這次的事也不能怪罪。

「洗嬰兒的尿片洗到滿手凍瘡，去學校也無法寫字。」妳曾這麼提及。

「揹著嬰兒去學校，遭到同學們排斥，所以不想去上學。」妳也曾這麼說。

「我只好揹著嬰兒下田。現在如果仔細看，身上還留有很多傷痕呢。也曾被後母拽著頭髮連背上的嬰兒一起在水田中被甩來甩去。但我沒有哭。所以我變得很好強。」妳說。

據說妳母親生下弟弟不到二十天就去世了。十一歲的妳獨力把嬰兒帶到三歲大。一邊撫養小嬰兒一邊還要替父親和祖父做飯洗衣。妳提起這些往事時一派理所當然，就好像如果不這樣表現，便會對自己吃的苦感到難為情。

好不容易弟弟三歲了，家裡卻有了繼母開始虐待妳。

「現在那個繼母呢？」我問。

「她現在成天加代長加代短的很重視我。因為現在我立刻可以逃走，而且不管去哪都不愁無法養活自己了。」妳若無其事地笑了。

聽妳敘述身世時，我感到最不可思議的，就是妳雖有那樣的不幸童年，居然還能成為如此開朗美麗「連女人看了都覺得性感」的小姑娘。

記得是去年正月吧，來念書的學生在浴池中說過。

「加代年紀雖小卻很成熟世故，連泡妞這種字眼都知道。」

「反正想也知道嘛。在熱海的藝妓館工作過，什麼都被迫學會了。」

妳當時的憤怒非同小可。是因為那戳中了妳的傷疤吧。那個學生離開前，妳足足有一個月都不肯說話。妳也是害怕自己變得成熟世故的女孩之一。因為，妳待的這種深山溫泉旅館沒有任何世故的女子來工作，而且那些女孩向來最害怕的就是待在溫泉旅館會不會變得油滑世故。我不知聽多少女孩這麼說過。於是我就在想，對女人而言，不世故為何如此重要。將清純不解世事視為女人首要美德的社會，其中肯定有某種自古以來的虛偽教條作祟吧。

於妳而言，熱海這家做人造花的藝妓館，就是「反正想也知道」吧。不過，童年如此悲慘的妳，能夠出落得如此開朗、美貌、性感，在我想來，或許該歸功於那家藝妓館。因此妳的一生即便不至於不幸也不可能過得太安穩，就像這次的事件。但是哪怕抱憾終生，或許妳還是得感謝藝妓館。對於肯定讓妳心痛無比的這次意外也是。

這次的學生不是說只住一晚嗎？送只住一晚的房客去街道的途中，為何非得將對方推落山崖？只不過因為長相艷麗所以看起來水性楊花的妳，就算再怎麼老成也只是個會對十三、四歲少女的事情感興趣的小姑娘……詳情我並不了解。但我想，這次的事件對妳來說和小時候撫養弟弟大概沒啥兩樣。不過唯有一點我想先聲明，幸好學生只是輕傷，妳或許感到遺憾，但好歹還是要顧慮社會的想法。

這封信不知不覺寫得宛如少年說夢。此刻我終於發現，吃我剩下的飯菜，對妳來說只是未經深思的幼稚行為。就像衝到正要去墳場的棺木前搶食柑橘與枇杷的少女——妳畢竟也是在那個村子長大的。搭鮪魚漁船去鹿兒島的阿淺，隻身自滿洲歸來的阿勝，以及十七歲就把男人推落山崖的妳——我對此嘖嘖稱奇，是因為站在我成長的世界看妳們。深感不可思議只能用少年特有的幻夢來掩飾的我，是個可悲的男人，軟弱又無力。然而，妳和阿淺阿勝這樣的女孩今後不知會變成怎樣。不，不是變成怎樣，該說是如何在這世上活下去吧。無法助妳們一臂之力的可悲男人，就在那世間拭目以待吧。這又是我的少年痴夢嗎？

昭和三年三月《創作時代》

夏天的鞋

馬車上的五個老太太一邊打瞌睡，一邊聊起今年冬天橘子豐收。馬像要追逐海鷗般甩著尾巴奔跑。

車夫勘三很愛馬。而且，這條路上只有勘三一人擁有八人座的馬車。況且他很神經質，總是把自己的馬車打理得比街上所有的馬車都乾淨漂亮。要上坡時，愛馬的他會從座位翻身跳下車。這種翩然翻身下車翻身上車的動作異常輕快，令他內心頗為得意。而他即使坐在車前，也能憑馬車的搖晃程度察覺小孩吊在馬車後面嬉戲，於是他會輕盈地翻身跳下車，握拳敲敲小孩的腦袋。所以街上的孩子們最喜歡盯著勘三的馬車，也最怕他。

但今天，他始終沒抓到小孩。換言之，他無法當場逮到像小猴子一樣吊在馬車後面的現行犯。若是以往，他早就像貓一樣翩然跳下車繞過馬車，神不知鬼不覺地敲小孩腦袋，得意揚揚說：

「小笨蛋。」

他再次試著跳下駕駛座。這是第三次了。十二、三歲的少女臉頰通紅氣喘吁吁地專心向前走，一邊聳肩喘息一邊眼冒金光。她穿著桃紅色洋裝，襪子已滑落腳踝，而且沒穿鞋。勘三定睛瞪視少女。她心虛地瞥向旁邊的海面，然後又大步追上馬車。

「啐！」

勘三憤然啐舌回到趕車的座位。勘三本以為這個從未見過的高貴美少女要去海岸別墅所以還有點顧忌，但三次跳下車都沒抓到人讓他火大了。這個少女已經吊在馬車後面走了快四公里了。氣得勘三甚至抽打心愛的馬兒。

馬車進入小村子。勘三吹響喇叭加快速度奔馳。轉頭向後一看，少女挺起胸膛甩著肩頭亂髮拼命跑。一隻襪子拎在手裡。

不久，少女似乎整個人貼在馬車上。勘三從駕駛座後面的玻璃扭頭一看，可以感到少女倏然身子一縮。但勘三第四次跳下車時，少女已經離開馬車走在一旁。

「喂，妳要去哪裡？」

少女低頭不語。

「妳打算吊在車子後面直到港口嗎？」

少女還是沉默。

「港口嗎？」

少女點頭。

「喂，看看妳的腳，妳的腳。都流血了！真是倔強的小丫頭，啊？我說妳啊。」

勘三終於皺起臉。

「上車吧，我載妳。到車子上吧。妳那樣吊著會增加馬的負擔，算我拜託妳到車子裡吧。我可不想當笨蛋。」

勘三說著替她打開車門。

過了一會，勘三從駕駛座轉頭一看，少女的裙襬被馬車車門夾住也不管，剛才的倔強神情已消失，害羞地靜靜垂首不語。

沒想到，去了四公里之外的港口後，回程少女不知從哪冒出再次追趕馬車而來。這次勘三直接替她打開車門。

「大叔，我不喜歡坐在裡面。我不想坐在裡面。」

「妳看看腳上的血，都流血了。連襪子都染紅了。真是不得了的小丫頭。」

馬車緩緩駛過八公里路接近原來的村子。

「大叔，請在這放我下車。」

勘三驀然朝路旁一看，一隻小小的鞋子躺在枯草上發白。

「妳冬天也穿白鞋？」

「因為我是夏天來到這裡的。」

少女穿上鞋子，頭也不回地宛如白鷺奔回小山上的感化院。

大正十五年三月《文章往來》

謝謝

今年柿子豐收，山中的秋天很美。

這是半島南端的港口。陳列零食的候車室二樓，走下一個穿著紫領黃衣的司機。門口停靠的大型紅色公車插著紫色旗幟。

母親握緊零食紙袋的袋口站起來，一邊對著鞋帶綁得整整齊齊的司機說：

「今天輪到你值班啊？這樣啊。難得有你帶我們去，這孩子也算是運氣好了。這是有好事的預兆。」

司機看著一旁的女孩默默不語。

「老是拖延下去也不是辦法。況且也快到冬天了。天冷的時候送這孩子遠行太可憐了。既然遲早都要走，我想還是趁天氣好的時候早點走。就決定帶她去了。」

司機默默點頭，同時像士兵一樣走近巴士，把駕駛座的坐墊擺正。

「阿婆，妳坐最前面吧。前面比較不會搖晃。這趟路很遠。」

母親要把女兒賣到將近六十公里外的北方，有火車的城鎮。

車子行駛山路的期間，女孩的視線被正前方司機方正的肩膀遮斷。黃色衣服在眼中宛如整個世界般擴大。群山朝司機的肩膀兩端分開。車子必須越過兩座高聳的山嶺。

公車追上載客馬車。馬車讓到路邊。

「謝謝。」

司機朗聲道謝，同時像啄木鳥那樣點頭，颯爽地敬禮致意。

拉木材的馬車迎面而來，馬車讓到路邊。

「謝謝。」

手拉車。

「謝謝。」

人力車。

「謝謝。」

馬。

「謝謝。」

儘管他在十分鐘內超越了三十輛車始終不忘禮貌。儘管奔馳四百公里也不改端正姿態。就像筆直的杉木般素樸自然。

三點多駛出港口的公車途中打開車燈。每次遇到馬時，司機都會熄滅車頭燈。然後說，

「謝謝。」

「謝謝。」

「謝謝。」

對於這六十公里街道的馬車及手拉車還有馬而言，他是風評最好的司機。

在火車站廣場的暮色中一下車，女孩身體搖晃，似乎雙腳踩在棉花般踉蹌抓住母親。

「等我一下。」

母親撂下一句，追上司機。

「欸，這丫頭喜歡你。算我求你。我拜託你。反正她從明天起就要成為陌生人的玩物了。真的。不管什麼地方的小姐，只要坐你的車走上四十公里都會愛上你。」

翌日黎明，司機走出小旅社，如士兵般橫越廣場。母親與女兒小跑步跟在後面。從車庫駛出的大型紅色公車插著紫色旗幟等待第一班火車。

女孩率先上車，不停抿動雙唇撫摸駕駛座的黑色皮革。清晨的寒意令母親攏緊袖口。

「你瞧瞧你瞧瞧，又要把這丫頭帶回去了。今早這丫頭苦苦哀求，再加上又被你責罵。我好好的計畫都毀了。帶她回去是沒問題，但你記住，只是延到春天喔。今後天氣冷送她出門太可憐所以我才暫時忍耐，但是下次等到春暖時節我可不會再把她留在家裡喔。」

第一班火車有三個旅客搭乘公車。

司機把駕駛座的坐墊擺正。女孩的視線被正前方溫暖的肩膀遮斷。秋天的晨風吹向那肩膀的兩端。

公車追上載客馬車。馬車讓到路旁。

「謝謝。」

手拉車。

「謝謝。」

馬。

「謝謝。」

「謝謝。」

「謝謝。」

他對六十公里的野山滿懷感謝，回到半島南端的港口。

今年柿子豐收，山中的秋天很美。

大正十四年十二月《文藝春秋》

處女的祈禱

「你看到了嗎？」

「看到了。」

「你看到了嗎？」

「看到了。」

村民們交換著同樣的說詞，神色不安地自鄉野及山間聚集到街道。在各處山間野地工作的村民有如此多人，不約而同地在同一瞬間看著同一方向，光是這樣想必就很不可思議了。而且，人人都異口同聲說嚇得渾身戰慄。

這個村子位於圓形山谷。山谷中央有小山。溪流環繞小山流過。小山上面是村子的墳場。

村民紛紛表示，從各個地點目睹一座石塔宛如白色妖魔自小山滾落。若只是一兩人這麼聲稱，還能當成老眼昏花一笑置之，但這麼多人不可能同時出現同樣的幻覺。於是我加入喧嚷的村民隊伍，出發去檢查小山。

先仔細搜查小山的山腳及山腰，卻未發現任何掉落的墓碑。之後走上小山一一檢視每座墳墓，但墓碑皆安靜完好地矗立。村民再次不安地面面相覷。

「你看到了吧？」

「看到了。」

「你看到了吧？」

「看到了。」

大家交頭接耳說著同樣的話，同時從墳場落荒而逃衝下小山。然後，達成了共識——這肯定是村子將有壞事降臨的惡兆。一定是神明或惡魔或死人作祟。為了驅魔去邪必須祈禱。必須淨化墳場。

村民召集村中未婚少女。日落之前，一群村民帶著十六、七名處女再度爬上小山。我當然也混入隊伍之中。

處女們併排站在墳場中央後，白髮長老站出來，嚴肅地說，

「純潔的女孩們，捧腹大笑吧。笑盡村中的災厄，以笑聲驅魔避邪。」

然後老人先帶頭示範。

「哇！哈！哈！哈！哈……」

健康的山村少女一齊放聲大笑。

「啊！哈！哈……」

「啊！哈！哈……」

「啊！哈！哈……」

對這場面目瞪口呆的我，也沉溺在撼動山谷的笑聲中，不由自主跟著出聲。

「哇！哈！哈！哈！哈……」

一名村民點燃墳場的枯草。對著猶如惡魔紅舌的火焰，少女們捧腹大笑，甩亂頭髮笑得東倒西歪。剛開始笑時的眼淚乾了後，眼睛閃現異樣的光芒。笑聲的狂嵐此起彼落，令人感嘆人類的力量竟可如此毀滅大地。女孩們如野獸露出白牙瘋狂舞動。這是多麼野蠻又怪誕的舞蹈啊。

而極盡生命所能大笑的村民們，此刻心情雖明朗如太陽，獨我一人忽然停下笑聲，隨即已跪倒於枯草烈焰照亮的一塊墓碑前。
「神啊，請賜予我潔淨。」
但笑聲響亮得讓我的心靈聽不見那聲音。村民們大概會與少女的聲音唱和，一直笑到這座小山浮於笑浪之上吧。
「哇！哈！哈！哈！哈……」
「哇！哈！哈！哈！哈……」
「哇！哈！哈！哈！哈……」
「哇！哈！哈！哈！哈……」
一名少女遺落的梳子被踐踏折斷。一名少女鬆脫的腰帶捲倒了其他少女，腰帶的一端觸及火焰被引燃。

大正十五年四月《文藝春秋》

伊豆歸程

一

雖是四月，火車的窗外始終是寸草不生的山丘流逝而過。他用雙腳腳掌抵著玻璃窗邊，在椅子上弓起身子仰臥。腦袋枕著椅子扶手，因此模糊可見自己的鼻影後方，黃褐色山丘不斷流逝。山丘上有一排被砍伐過的巨大樹椿子。樹椿彷彿要依序躍入車窗般迅速逼近，然後又逐一消失。他感到這荒涼的風景很適合用來遺忘事物。腐朽的整排樹椿子彷彿遺忘之路的行道樹，鑽過他的腦袋離去。

不僅此刻。對於旅途中的他而言，火車始終是遺忘事物的場所，不知不覺這已成為一種習慣。與其說遺忘，或許該說是生活的現實感變得模糊不清。總之，搭乘火車會讓他覺得身如漂萍任其擺布。所以每當他悲傷時，憤怒時，總是會去搭火車。身體感到火車車輪震動的同時，他的思緒也變得朦朧。換言之，是記憶變遲鈍了。當身體彷彿離地輕飄飄浮在風景上方的同時，沉重的過去也浮現在如夢似幻的雲端。而且，哪怕是返鄉參加妹妹的葬禮時，他在火車上也能露出正在作美夢的白痴神情。這種習慣是熱愛旅行的他自然形成的。旅行者首先必須學會如何在長途火車中不無聊。而他經過訓練早已學會在火車上發呆。那種訓練累積幾年後，他只要坐上火車便可遺忘一切。

當然連戀人也忘了。所以他擁有「在火車上遺忘戀人」這個只屬於自己的名詞。去遠方旅行的他，可以用各種山光海色做到「在火車上遺忘戀人」。即便在某地，愛上某個女人甚至一輩子都不想分開，只要想到自己是搭火車來此地遊覽的旅人，之後又將搭乘火車，便彷彿獲得感情得到救贖的保證，得以安心，而且他認為自己是個知道何時該告別的「明智的旅人」。

然而，眺望樹椿子一一流逝的窗外風景時，他沒有任何想要遺忘的東西。不僅如此，還覺得不想遺忘本該在火車上遺忘的戀人。之所以弓起身子仰臥，或許也是因為又想起昨晚那荒誕的離別。

他架在玻璃窗邊的雙腳，昨晚曾被某個姑娘用柔嫩的掌心把玩，一邊說他「也沒走多少路，怎麼腳這麼難看。不過腳倒是很小。」

不，其實，與其說昨晚，或許該說是今朝。

溫泉旅館的女孩每晚都會來他的房間，和他聊到凌晨二點。而且昨晚是他離開這個溫泉前的最後一夜，因此女孩沒有像以往一樣離開他房間，始終坐著。直到櫃台的時鐘敲響三點的鐘聲。

「明天您一大早要出發真不好意思。我想今晚先說聲再見。」

他與女孩同時離座，迅速拿起衣架的毛巾。然後，等屈膝關閉紙門的女孩起身後，輕摟她的肩膀。就這樣走過萬籟俱寂的走廊。

「去泡溫泉？」

「嗯，一起去泡溫泉吧。」

「好。我隨後就到。」

他泡在浴池中，不久女孩喀拉喀拉關上浴室的玻璃門走下台階，站在台階下方朝浴池探頭。她只解下腰帶，原先繫腰帶那塊地方的衣服皺痕特別顯眼。那個皺痕彷彿把女孩的所有祕密送到他手上，他從女孩身上感到帶有哀憫的親密感。

女孩脫光後，縮起身子像要說噢冷死了，小跑步奔向他浸泡的浴池。

「您把臉轉開別看。」

「好。」

然後他枕著浴池一邊的邊緣，把腳踝架在對面的池邊，仰臉在水中漂浮。女孩將身子浸入水中直至肩膀後，已不再害羞。乳頭以上的胸脯光潔浮現，乳房下半部的曲線在水中晃來晃去。肩胛骨上方只有微微的凹陷，是年輕清新的胸部。雙膝併攏的兩腳腳尖宛如新月翹起。

不知何故女孩在水中屈膝步行過來，用雙手包覆他架在浴池邊的腳。然後說：

「也沒走多少路，怎麼腳這麼難看。不過腳倒是很小。」

「很醜吧？這就是旅人的腳。」

「旅人的腳？」

女孩說著也不看他，漫不經心地把玩他的腳。

他驀然想起谷崎潤一郎寫的《阿國與五平》這齣戲。阿國與五平有沒有發生男女關係，戲中並未明確寫出，但阿國替五平的草鞋綁鞋帶的動作，被某評論家解釋為二人有男女私情的證據。此刻他就是想起了那個評論家說的話。而且，他認為與那個評論家比起來，自己的理性堅固如鐵。豈止是綁草鞋的帶子，女人是在浴池中玩弄男人的腳。但他最後還是和女孩清清白白地分開了。

說穿了，那時他還不知道能否與女孩清清白白分開。打從十天前，他就決定順其自然地處理女孩和自己的關係。他打算任由時間來解決一切。沒想到，時間這種東西好像只會靜靜流逝。他與女孩之間剩下的唯一一件事幾度面臨都只陷入凝重的沉默。那唯一一件事就像易毀的氣球懸宕在他眼前。

現在被女孩握住腳趾，又讓他萌生想毀滅眼前那東西的欲望。然而他很安靜。浴池外，河鹿蛙在月光下呱呱叫。溪澗的泠泠水聲如青色薄絹在山嵐的底層蔓延。矗立窗口的杉山山腳隱約泛白。

「那種地方有櫻花開嗎？」

「沒有，那明明在動。」

「是霧靄吧。」

「是霧靄啦。」

那片白濛濛的東西眼看著爬上杉山的黑腹消失了。這時他才終於有了一分餘裕，開始感到在池中被女孩把玩過腳趾後，就此清白離去是多麼荒誕的分手方式。頓時悲從中來。明日在火車上八成會忘記這個女孩吧。沉溺在都市雜音後，八成再也不會想起這個女孩吧。這樣的空想，令他幾乎流下甘美的淚水。然而，

「還不出去嗎？」女孩率先離開浴池，在浴室角落擦拭身體，他用雙手掬起熱水潑向女孩的肩膀。

「壞心眼。天亮之前都這麼泡著好了。」

女孩說著又回到池中，女孩的耳朵近得幾乎可以碰到自己的睫毛，他就以這樣的近距離目不轉睛看著女孩。她閉上隆起的眼皮文風不動。然而，他的理性異樣頑固。如果再過兩三年，女孩大概會輕蔑這樣的他，覺得他很蠢吧。但現在的她還沒有那麼世故。這讓他感到安心。

一起泡溫泉並沒有那麼稀奇。她是溫泉旅館的女服務生，所以早就習慣與男人

混浴。況且打從女孩十三、四歲起，有四、五年的時間，他每年都會在這冷清的山間溫泉待上半年，這一年來更是一直住著沒走，因此他對女孩的日常感情瞭如指掌。他可以感到每月總有一星期，女孩身上會散發特殊的體味。這種日子，女孩絕對不肯在他的房間出現。在走廊偶遇時，他會露出坦承自己已發現女孩那祕密氣味的神情，紅著臉報以微笑。此外，夜晚在浴池中她會大膽碰觸他的身體，可是在白晝陽光下很少泡溫泉，偶爾白天在浴池撞見，她會全身發紅縮成一團。這種時候的異樣羞澀，對於他這種老熟人來說既新奇又異樣性感。

沒想到，本該是個在浴池中大膽行動的夜晚，她卻突然說：

「請您先起來回房間吧。」

「為什麼？」

「我不好意思走在您的前面。」

「這倒是奇聞。」

「您這麼一說我更不好意思離開了。」

「好吧好吧。妳也得一大早起來嘛。」

他爽快地跳出浴池。然後清清白白地與女孩分手。

他用泡溫泉時同樣的姿勢弓身躺在火車上，今早被女孩握住腳趾的事，好像是一場夢。他望著猶如遺忘之路兩側行道樹似的樹椿子，努力試圖回想女孩的裸體。唯獨清清白白分手這件事他不想遺忘。與他分手的今日，女孩想必還是會照樣俐落地解決人生，這令他感到不滿足。他寧可女孩因為他的緣故從今日起再也無法解決人生問題。雖說從女孩幼時便過於親密，因此一時之間無法把她當成女人看待，但自己以前不也曾忘記交往對象年僅十六歲還貿然向對方求婚嗎？而那個女孩絲毫不曾訝異，不也像個熟齡女子似地成熟回應嗎？如此想來，他忽然有點同情這個無法動搖他的理性的女孩，益發不想遺忘對方了。

在他前面，身著少將軍服的陸軍軍官，支頤撐著夾在膝間的西洋劍劍柄，正在看《戰友》四月號。

窗口射入刺眼陽光。黃褐色山丘消失，遠方的山靜靜移動。陸軍少將起身拉下窗簾。鐵軌的傾斜逐漸變得徐緩，車窗的歪斜也隨之恢復垂直。不久車抵國府津。

他依舊躺著眺望打開車門吵吵鬧鬧上車的旅客。一襲胭脂色大衣格外惹眼。他看著那個女人雪白的臉孔，差點立刻跳起，但他動彈不得。她露出走向陌生人時意興闌珊使得眉眼僵硬的神情，朝他這邊款款走來。豐腴美麗的玉手和白淨惹眼的臉龐，彷彿在他的眼中注入清水般帶給他驚訝。那背叛了他對里佳子的記憶。而他昔日的幻想，竟在眼前成真。

里佳子十六歲那年與他許下婚約時，二人曾在某村鎮一同拍照。坐在白色長椅上的她，雙手藏在袖中。她身穿帶有青色的寒酸嗶嘰斜紋布和服，一邊的袖子在照片中如帷幕垂落在她的膝前，因此遮掩了雙手。她在鄉下的養父家不僅要洗碗洗衣，甚至還得幫忙粉刷牆壁弄得雙手粗糙紅腫，所以她害怕把雙手拍得太清楚。而且當時她在襯衣上搭著太過稚氣單純的紅色假領，但她的脖頸至胸口一帶的膚色微黑暗沉，因此連那紅色都顯得晦暗。抬手整理頭髮時，從紅色袖口露出的手肘是暗青色。當時還年輕的他，滿腦子都是她的倩影，那些情景反而讓他更憐惜她，他幻想著里佳子只要與自己結婚，手自然也會變漂亮。他幻想著，光明幸福的生活與青春，想必會讓十六歲少女的肌膚在成為雙十芳齡的女子之前變得潔白晶亮。他在腦中描繪那些一踏出校門就突然變得膚色白皙的女學生。

如今那個里佳子帶著美麗的玉手與白淨的肌膚朝他走來。她筆直走來，即將經過躺臥的他臉孔上方。這是火車上狹小的走道。他的頭枕著座椅扶手，頭頂對著走道仰天而臥。

里佳子沒看他。經過他身旁時，她大衣的袖子掃過他的額頭。不由自主拂開毛織品那種觸感的同時，他猛然坐起。她看著他與自己肩膀等高的腦袋，似乎立刻認出他是誰，反射性閃身避開，快步走向車廂後方。一個清爽穿著春季外套的青年也跟她一樣快步跟在她身後走去。他從剛才就猜到，那個青年八成是她的丈夫。

他任由前襟敞開，緊抱住椅背凝望里佳子的背影。年輕夫妻的背影帶有富裕生活的氣息彷彿也溫暖了周遭空氣。夫妻倆穿的都是帶有都會品味的上等服裝。大衣的胭脂色襯托她的頭髮顯得更烏黑，脖頸顯得更潔白。他毫無來由地感到一種心情豁然開朗想要微笑的喜悅。

里佳子一直走到車廂後方出入口的盡頭，低著頭露出泛紅的臉頰，就在那邊的座位僵硬地坐下來。看到那一幕，他開朗的心情微微一黯。他不得不撇開眼。他扭身重新坐好，想把衣服前襟合攏。這時他驀然瞥向手指，四、五根胭脂色毛織品的短毛纏繞指尖。他定睛看著那個。然後，拿不定主意是該用力朝指尖吹一口氣，還是該輕吻指尖。這時不祥的預感突然掠過腦海。

「啊——自己的理性該不會亂了套吧。」

二

里佳子對他而言，就是「在火車上也忘不了的戀人」。他曾經一再搭乘火車去旅行，只為排遣從她那裡受到的痛苦。但那不是為了忘記她，而是為了在火車上彷彿乘雲駕霧模糊了現實感的同時，仍能對她浮想聯翩。縱然她已消失在他的目光難及的世界，他也不覺得失去她，他始終幻想著彼此將在漫長人生的旅途某處再次相逢。他本來就是那種無法怨恨他人的個性。哪怕遭人背叛，他也不認為自己被背叛。所以，無論里佳子怎樣毀約失信，他永遠只記得她的好處。

睽違五年後在火車上見到她，他的心頭只有孩子般的開朗喜悅令他雀躍。她的丈夫並未激起他任何反感。唯一留下的強烈印象就是她變得美麗幸福。毋需在意她屬於自己或旁人。他只是單純慶幸彼此的重逢，為之微笑，同時只想凝視她的臉孔。

「我現在美麗得和當時判若兩人吧？我過得很幸福。」

「這點一眼就看得出來。看到這樣的妳，我也很高興。不過，說不定什麼時候又會發生意外讓妳回到我的身邊喔。」

「屆時還請多多關照。」

「彼此彼此。」

他希望彼此都抱著這種感覺開開心心地面對面。

他吹走指尖的胭脂色毛絮笑了。開懷的喜悅讓他失去鎮定。他一再朝里佳子的方向回頭。只能看見她的額頭以上。那是有點特色的額頭。不，光看額頭也能感到她的全身，或許因此才覺得有特色。但她額頭的顏色與五年前不同。敏感的白皙令人聯想到奢華的梳妝台與化妝品。她已染上都會的智慧色彩。她似乎流了一點汗，臉上如鏡子映出暖春。細薄的皮膚下隱約可見吸收了男性的情欲。不過，敏銳的神經正在不停抽動。似乎在抗拒被他長久凝視。

火車在二宮、大磯、平塚這幾個海濱別墅區的火車站湧上很多乘客。坐在他前面的陸軍少將的家人們在茅崎這一站熱鬧地上車。少將的家人似乎是特地到半路上迎接自遠方回到東京的少將，順便去茅崎的友人別墅作客後才來火車站等他。聽他們對話才知今天是週日。看似小學生的女童和五、六歲的男童挨挨擠擠坐在父親身旁的空位。母親和大女兒一再互相禮讓他旁邊那個位子。他只好爽快地起身讓座。

沒有任何空位子了。他只能輕倚座位扶手站在走道上。但這下子倒是可以看見里佳子的胸部以上了。

他抱著等待里佳子微笑的柔情，靜靜眺望她。她沒動。臉頰僵硬，連眼睛都不敢眨。白淨的額頭逐漸蒼白。她在他面前甚至不敢抬頭。他感到自己開朗的心情彷彿倏然落下一道陰影，不由移開目光。然而，他立刻又想，這樣不對。不管她變成怎樣，自己還是想注視那張下次不知幾時才能重逢的臉孔。因為想看，所以要看。他認為自己心中完全沒有那種必須迴避她，不敢看她的負面情感。於是他再次朝車廂後方扭身。

里佳子緊閉雙眼。彷彿已下定決心永遠不睜開似地閉著眼。臉頰異樣通紅。額頭因痛苦而僵硬。那不是對他的憎惡亦非反抗。唯一流露的是痛苦。看到那個，他無來由地垂下頭。一陣強烈的悲傷令他喘不過氣。

里佳子這種痛苦的表情他見過不只一兩次。兩人許下的婚約，被她瘋狂地用三言兩語的簡單信函二度毀約後，她每次見到他，便會流露這種痛苦。他看到她的痛苦，便感到她的性格有瀕臨崩潰的危險。他預感到將會陷入自暴自棄的生活，於是很想從她所在的地方立刻消失。他渴望將自己完全沒有怪她、怨她、恨她、輕賤她之意，誠實地傳達給她。

十七歲那年二月離開鄉下的養父家來到東京後，她成為某咖啡廳的陪酒女服務生。在那咖啡廳，他懇求她回心轉意回到自己身邊。她聽了之後，露出眉眼唇鼻彷彿全都失去生命，只有毛細孔粗大擴張的僵硬神情，像個毫無體味的女人般低下頭，對他暴露不可思議的醜陋。然後她說：

「我已經淪落成這樣了。請你就當作沒我這個人，把我忘了吧。」

「妳又沒怎樣，而且現在不就在這裡嗎？」他反駁。

「妳不是手腳俱全地好端端坐在我面前嗎？」他很想再補上這麼一句。

「只要去你看不到的地方就行了。我打算去不為人知的地方。」

這句話嚇到他了。他害怕她的好強。她那種語氣彷彿想強調：為了反抗他，就算嫁給狗也無所謂。

「我就是討厭你。」

想到這個女人為何不肯明白這麼說出來，他沉默了。

之後不到三天，她便從他眼前消失了。她離開咖啡廳投奔別的男人。但事實在他眼前擺明了，她只是不停輾轉在無數男人之間。她在各家咖啡廳出現又消失。她過著彷彿被惡鬼追趕赤足倉皇逃命的生活。而且每次看到他就流露痛苦。他已厭倦再繼續看她飛蛾撲火走險路了。

和當時的痛苦相較，四、五年後的今天，她額頭流露的痛苦並未摻雜反抗心理。那是因為她得到了幸福。但痛苦依然不變。她在痛苦什麼？為何就不能給他看她變得美麗、幸福的明媚臉龐？只要她肯老實向他投以一瞥，他便可感到光明人生的喜悅，也不會一而再再而三地猛瞧著有丈夫陪伴同行的她了。他便可安心眺望車窗外流逝的風景，幻想美好和諧的人生了。

他怕沒得到里佳子會讓自己的生活墮落，足有一年以上的時間咬唇默默承受肩頭的重擔。而且沒有破壞自己心目中美好和諧的人生就成功熬過來了。如果拋棄人的她，也像被拋棄的他一樣沒有打亂生活步調，那他肩上的重擔想必會更輕吧。這麼想的他，如今看到里佳子變得美麗幸福，自然會感到高度的喜悅。

可她的臉上，竟然只流露痛苦。這種無益的痛苦讓他感到強烈的悲傷甚至喘不過氣。他幾乎斷手斷腳倒地不起。負心的戀人看到被拋棄的戀人時，或許只能做出這種表情。那或許就是美女的心態。然而，與其讓她痛苦，他寧可她驕傲地同情他。這樣的話就不會失去自己的生活了吧。就不會失去愛情了吧。

「我終於失去了里佳子嗎？」

他甚至已無力睜眼，低聲如此呢喃。

儘管里佳子已琵琶別抱，然她迄今仍在他心中占有一席之地。可如今那怪異地即將消失了。他頭一次感到失戀的焦灼。他感到夢想即將破滅的落寞。里佳子若是不痛苦就好了、里佳子若是不痛苦就好了……抱著這頹然倒地不起的心情茫然思忖之際，眼底開始發熱。

「我必須站起來。」

然後，他像抓住救命稻草般開始努力回想今早清清白白告別的溫泉旅館姑娘。然而，那種東西早已遠遁到目光難以企及的世界。

「我連溫泉旅館的姑娘都失去了嗎？」

於是，他開始懷疑自己是否不該與姑娘清清白白地分手。如果牢牢掌握那個姑娘，現在的自己便可擁有某些東西了。這個念頭連他自己都嚇了一跳。他感到自己的理性崩潰。於是彷彿要求救般，他再次望向里佳子。

這時她忽然睜開眼注視他。他還來不及對這猛然投來的靈魂病態發作做出反應，她已倏然起立拉開一旁的玻璃門走出車廂了。

他也盯著玻璃門大步朝車廂後方走去。腦袋一片空白。他走出玻璃門。沒看到里佳子。他迅速拉開廁所的門又關上。白色臉孔在鏡中蒼白掠過。里佳子的胭脂色大衣翩然揚起後，他在彷彿無聲世界的靜謐中一一讀取白色瓷器上的文字。

"BE QUICK AS ANOTHERS MAY BE WAITING."

大正十五年六月《婦人公論》

輯三

南國歸程

若說我的精神思想有一脈清流涓涓，
或許也同樣是湯島的恩賜。

伊豆的回憶——摘自《獨影自命》

其一

一

「即便就我第一、第二本創作集中的作品而言，《感情裝飾》的極短篇小說三十五篇中有三十篇，《伊豆的舞孃》十篇中有四篇都是在湯本館寫的。」我在〈《伊豆的舞孃》裝幀設計及其他〉如此寫到。

湯本館是伊豆湯島溫泉的旅館。

我的第一本作品集《感情裝飾》於大正十五年六月由金星堂出版，書中集結了當時稱為「掌上小說」的極短篇三十五篇（目次列出三十六篇為筆誤）。三十五篇中多達三十篇都是在湯島溫泉寫的。

第二本作品集《伊豆的舞孃》於昭和二年三月同樣由金星堂出版，書中收錄的十篇短篇小說有四篇是在湯島寫的。

《伊豆的舞孃》出版那年我二十九歲，當時，我寫道，「十年來，我沒有一年不來湯島。尤其這兩三年，堪稱已是伊豆人。」

二

《感情裝飾》是我的處女作，因此好友催我舉辦出版紀念會，出席者一一在扉頁簽名。如今看到那些簽名，亦可追思當時的交友，為了紀念起見，我想在此抄錄。

福岡益雄，加宮貴一，江戶川亂步，崎山猷逸，井上康文，大宅壯一，森本巖夫，山本實彥，能島武文，諏訪三郎，豐島与志雄，武川重太郎，三明永無，石濱金作，菅忠雄，宵島俊吉，飯田豐二，池谷信三郎，岸田國士，片岡鐵兵，津島圭治，南幸夫，富田時郎，三宅幾三郎，朝野諄，酒井真人，佐藤惣之助，田邊耕一郎，田代威三，鈴木彥次郎，伊藤貴麿，尾崎士郎，岡本一平，岡本佳乃子，木蘇穀，小島政二郎，吉田謙吉，村松正俊，小島勗，伊藤欽二，鈴木氏亨，横光利一，齋藤龍太郎，古賀龍視，橋爪健，中河與一，赤松月船，高橋邦太郎，佐佐木茂索，久米正雄，菊池寬。

當時是《文藝時代》時期，福岡益雄是金星堂老闆，飯田豐二是金星堂編輯。或也堪稱新感覺派時代吧。

橫光利一的《御身》，今東光的《消瘦的新娘》，中河與一的《冰凍的舞池》，這些新感覺派作家的處女作集，以及佐佐木味津三的《詛咒的生存》，金子洋文的《鷗》，稻垣足穗的《一千零一秒物語》，佐佐木茂索的《春的外套》，這些處女作集也是金星堂出版。全都比我的《感情裝飾》更早。

三

《感情裝飾》及《伊豆的舞孃》皆由吉田謙吉負責裝幀設計。《文藝時代》的封面也是出自吉田君手筆。他同時也負責築地小劇場等地的舞台設計。
吉田君特地耗費七小時來到湯島溫泉，收集《伊豆的舞孃》的裝幀素材。

○

吉田君非常忙碌。二月二十五日（注：昭和二年）是新劇協會第二屆公演首日，吉田君也負責池谷信三郎的作品《三月三十二日》的舞台設計，必須到場觀看首日公演。因此他當天深夜才從飯店（注：帝國飯店）的劇場回來，但翌日早上八點便搭乘火車來見我。那是個雨天。

吉田君一見到我，立刻轉達昨晚在劇場遇見吾友橫光利一及片岡鐵兵時二人的嚴詞吩咐。據說，二人皆囑我速返東京。我也想回東京，但東京諸友動不動就像認定我在伊豆遊手好閒似地斥責我，令我略感遺憾。

在雨天抵達的吉田君，等天氣一放晴就立刻出門散步了。那是傍晚前。他去了世古瀑布那邊，也去看了在湯川屋養病的《青空》同人誌作家梶井基次郎。吉田君說以前也曾帶妻子去湯川屋住過兩三天。入夜後梶井君前來欣賞吉田君的望遠鏡。

那是吉田君在《青空》封面描繪過的望遠鏡。

翌日二十七日早晨——我的早晨接近正午——醒來一看，吉田君早已出門寫生去了。直到下午汽車（注：公車）快要出發時，他還在畫封面設計圖。汽車是四點半出發，抵達東京已將近深夜十二點。而且吉田君說，明早八點就要去早稻田給建築系學生上課。他不能對不起即將考試的學生，所以不想請假。因此，他說必須在今晚之內畫好，明天去學校的途中順便把畫稿送去金星堂。

這篇〈《伊豆的舞孃》裝幀設計及其他〉寫於昭和二年的三月底或四月初，刊登於《文藝時代》五月號。幾乎同一時間，我在二月四日於湯島寫了〈由秋至冬〉這篇短文，刊於《手帖》創刊號。同樣也可視為當時的紀念之作，故將全文抄錄如下。

○

我自九月待在伊豆的湯島溫泉，如今已是二月。衣服只有一件炎夏單衣及一件薄紗外褂。十月借用旅館老闆的嗶嘰斜紋布禮服去東京。冬季外套已送進當鋪。鐵兵結婚舉辦慶祝會，他的大舅子也是我中學時代的好友所以理應出席，但我還是沒衣服可穿不能去。如此表明後，池谷又送來新的夾衣及大褂給我。他十月曾給我帽子，之前也給我一件夾衣。是個奇妙的男人。

橫光也經常在夏天穿著池谷和我的衣服。他剛痛失賢妻不久。橫光夫人昔日還是女學生時曾穿著紅色日式寬褲來橫光的宿舍，鈴木彥次郎帶堂妹去動物園時也曾巧遇橫光夫妻在看大象，據說橫光夫人給人的印象好得無法形容……想起這些往事，不知橫光在這寒冷的天氣穿著什麼樣的衣服。

除夕夜晚，我因故生氣，決定徹夜不眠寫信給諸位友人聊以慰藉。上次池谷來，問我生什麼氣，但我沒回答。另外，岸田國士、林房雄等人也來過。驍勇善戰的林君說我變得太虛無主義。我只管每晚坐在棋盤前研究名人高手的棋譜，直至深夜。

二月四日

今晚天陰欲雪。

提到衣服讓我想起，《感情裝飾》出版紀念會當天，橫光、片岡、池谷等一干友人齊聚我位於牛込左內坂的臨時寓所，日式寬褲只有一條，是池谷的，眾人笑論該由誰來穿，最後是我借走了。

《手帖》是一人各寫一頁的同人誌。昭和二年三月創刊時有同人二十七名，當時的新人有永井龍男、久野豐彥、藤澤桓夫三人。

這本雜誌採用高級紙張印刷僅有三十頁，做得很漂亮——日後野田書房的野田君仿效這種形式發行了《三十日》。

遷至麴町下六番町有島舊宅的文藝春秋社為發行所。

創刊號有菊池先生寫的〈關於義賣會〉。指的是贊助新劇協會的義賣會。

○

新劇協會每次公演必虧損，為了填補虧損，遂起意舉辦義賣會贊助新劇協會。時間當然是在春天來臨之後。會場就設在文藝春秋社，餘興節目有新劇協會的獨幕野台劇、市川小太夫君的舞蹈、古川綠波模仿名人的口技表演等。義賣品包括文壇諸家的短箋、作家親筆簽名的著書、電影女演員簽名的明信片等。還特地請來岡本一平，即席揮毫創作漫畫。也請到其他文壇諸家及蒲田片廠的明星。野台劇是利用庭院的水井，表演《莎樂美》或《番町皿屋敷》[1]。此外，也擺設攤位，由蒲田的明星們以及協會的女演員們充當服務生。門票暫定二十錢，打算藉此一舉挽回本年度新劇協會的損失。

想必就是從這時起，在菊池先生深具個人風格的構想下，開始《文藝春秋》特有的熱鬧輝煌。菊池先生是畑中蓼波等人經營新劇協會的有力後盾。

寫〈《伊豆的舞孃》裝幀設計及其他〉讓我想起，新劇協會曾於昭和二年二月上演池谷君的獨幕劇《三月三十二日》，我記得在那前二年，大正十四年二月也上演過橫光君的獨幕劇《吃虧者》。當時我提議《文藝時代》同人全體出動去觀賞，但橫光君於一月二十八日來函婉謝，他寫道：「天寒地凍，把大家都拉去那麼冷的劇場，萬一感冒豈不是更成了『吃虧者』。」

四

梶井基次郎於昭和元年（大正十五年）年底來到湯島，替我校正《伊豆的舞孃》。「看起來安靜、謹慎、愉快地全心投入校正工作。」

這點我分別寫在〈《伊豆的舞孃》裝幀設計及其他〉與〈梶井基次郎〉。

○

梶井君自除夕那天便來到湯島。為了校正《伊豆的舞孃》給他添了不少麻煩。〈十六歲的日記〉能夠收入此書也要歸功於梶井君，我自己都忘了這篇作品，幸虧梶井君提醒我。藤澤桓夫君如果早點來，想必我也會把〈文科大學插話〉收錄進去。

梶井君待人異常親切，古道熱腸寬宏大度。我經常與他天馬行空談論植物或動

1 番町皿屋敷：女鬼阿菊夜夜自水井出現數盤子的怪談。由岡本綺堂改編成戲曲。

物的奇聞妙事。

《青空》同人作家四、五人輪番來探望梶井君，每一位我都見到了。現在是三好達治君在此。淀野隆三送了好茶來。……〈《伊豆的舞孃》裝幀設計及其他〉

○

昭和元年除夕，梶井君來湯島館找我。他日前便來到湯島療養。聽從我的建議，從落合樓移至世古瀑布的湯川屋。

在我四月為了參加橫光利一君婚禮，向旅館老闆借來日式禮服回到睽違八個月的東京前，他幾乎天天來我的旅館玩，往往待到半夜才走。從湯本館回湯川屋的夜路，他曾在《闇夜繪卷》寫到。我回東京後，他仍長期逗留湯島。

一到湯島，他就拿來好幾本《青空》，叫我看他的作品。那些作品，收錄在他的新刊創作集《檸檬》前半部，幾年後的現在，他的作品價值也逐漸被友人之外的一般人認同。

當時的我，是否真的理解他的作品？如今回想不免心痛。……〈梶井基次郎〉

這篇〈梶井基次郎〉寫於昭和六年。翌年三月二十四日梶井君便過世了。藤澤桓夫君來湯島時的經過也可參見〈《伊豆的舞孃》裝幀設計及其他〉。

○

《伊豆的舞孃》從書本封面環繞到背面的圖案，畫的是房門上方的鏤空透氣窗。這扇透氣窗就在旅館一號室與二號室之間。拉開房間的紙門，眼下便是溪流。吉田君當時就住在二號房描摹透氣窗。遮掩那個透氣窗的是海軍上將上村彥之丞題字的「祥雲興」匾額。他曾來天城的皇家獵場獵鹿。

如今那個房間是藤澤桓夫君在養病。三月十四日，藤澤君被小野勇君攙扶著蹣跚抵達湯本館，面對我欣喜的歡迎聲，當他回答「這次我慘了」時，他的臉孔如破損的陶器疲憊憔悴。但那張臉在這山間一天比一天煥發俊美光彩。那是曾讓橫光利一感嘆「舉世最聰穎者，當屬藤澤桓夫側臉」的臉孔。橫光君的日記也曾提及，「池谷信三郎自伊豆帶回美貌。」如此看來，此間山氣竟可美容養顏？——若說我的精神思想有一脈清流涓涓，或許也同樣是湯島的恩賜。

五

那個透氣窗所在的一號房是湯本館最好的客房，我的許多友人都在這一號房住過。這點也寫在〈《伊豆的舞孃》裝幀設計及其他〉。

○

話說回來，前年夏天尾崎士郎與宇野千代夫妻也曾在這個鏤空透氣窗房間住了一個月。池谷信三郎君也在去年秋天及今年正月暫時住過這個房間。石濱金作君待過。鈴木彥次郎君也待過。今東光夫婦自蓮台寺溫泉歸來也曾住過一晚才離開。金星堂老闆也住過。諸君想必對這透氣窗各有一段回憶吧。（注：參見封面所繪的透氣窗。）鈴木君來訪之事更是彷彿遙遠往昔。

上次岸田國士來時，這個房間已有人住。中河與一夫婦一月來過，但住的是六號房。片岡鐵兵曾說湯島沒文化所以堅決不去。四、五天後我要去東京參加橫光君的婚禮，這次應該可以把新婚夫妻拽來了吧。

寫這篇〈《伊豆的舞孃》裝幀設計及其他〉時，我逗留了超過半年，且這次是夫妻同行，因此住的是像偏屋一樣的二坪多房間，但我其實打從來湯島就習慣住在這間一號房。這點寫在〈湯島回憶〉中。

〈《伊豆的舞孃》裝幀設計及其他〉寫於二十九歲，〈湯島回憶〉寫於大正十一年，當時我是二十四歲的學生。

○

……我來此地其實是因為鄉愁。從鄉下回東京或許也是因為鄉愁。

我在旅館住的房間，按照老習慣固定是二樓面向溪流的四坪房間。從東京出發前我就很擔心不知房間是否空著，逐漸接近旅館後，心情就像去探訪久違的老友，不知對方是否在家。結果，通常房間絕對空著。除了暑假與正月新年之外堪稱門可羅雀。縱使房間被別人住了，只要忍耐一晚，旅館就會幫我換房間。除了夏天與正月，少有客人會連住二晚。而且，即便是那一晚的忍耐，都彷彿是好不容易回到家卻遭逢變故，只好暫時借住鄰家。

我走上二樓去那四坪房間，先對走廊投以一瞥。短短的走廊兩側並列的五間客房拉門映入眼簾。

這是〈湯島回憶〉第一百零六頁。〈湯島回憶〉在這第一百零六頁結束。雖然寫著「走上二樓，短短的走廊兩側並列的五間客房拉門」，但如今想來其實好像是四間客房。面向溪流的一號房與二號房都是四坪房間，走廊左側還有二間三坪大的房間。另外，上了樓梯走到盡頭有一扇木門，是西式格局鋪榻榻米的房間，與西式房間背對背的是四坪多的五號房，二樓總共只有這六間。從一樓玄關進來的樓梯左邊有四間，只有五號房位於右邊，因為與其他房間有段距離，所以長期逗留時我就住那間。

一號房與二號房以紙門區隔，和走廊也只隔了一道紙拉門，湯本館這間旅館本身老舊狹小，我卻稱之為理想鄉，邀請許多知交好友前來。大概是年少輕狂的幸福吧。

六

這裡寫到了關於梶井基次郎的回憶，於是我翻閱了一下《梶井基次郎全集》中他從湯島寫的書簡。關於在湯島與我的邂逅、來往，梶井君也一再寫信給友人提及。在我們四月去東京後，還收到留在湯島的梶井君來信。那些書簡也是我湯島時代的紀念。

懷念之情油然而生，遂起意在此抄錄關於我的部分。

〇

1

昭和二年一月一日，梶井君自湯島世古瀑布湯川屋寫給外村繁氏的信。

……三十一日上午十一點自品川出發。飯島來送行。……來此地的路上被本地人告知天氣寒冷，本想去土肥那邊，去土肥順路會經過吉奈所以打算先住一晚，就這樣上了車，但途中又改變主意，來到此地的落合樓。結果旅館大概準備把房間留著迎接新年假期的旅客，不太歡迎我這個長期逗留且窮酸的讀書人，神色略顯不悅地帶我去的房間也不太舒適，一時令我頗感窩囊，確定旅館有川端氏住宿後便前往那家湯本館拜訪。川端氏正在看圍棋的書，爽快地接待我。透過去川端氏房間玩的男廚師介紹，今天搬來這家旅館。

今天去通知川端氏我換旅館的事，正巧岸田國士氏來了，於是我就回來了。聽了《文藝戰線》（以下簡稱文戰）與圍棋還有《辻馬車》等話題。據說每月都會收到《青空》雜誌。

……文戰的林房雄之前好像也來過。據說他與川端氏本就是在此相識。文戰的銷售量約有三千冊。之後為了與文戰對抗，據說也會發行無政府主義者的雜誌。不是出於原始創意，是萩原恭次郎、飯田豐二等人刻意要和馬克思主義者對戰。我認為很有意思。還有文戰的赤木健介，聽說起初是被川端氏發掘，介紹他替《文藝時代》寫稿，好像是姬路高校二年級或三年級學生，年紀似乎也和淺沼差不多……

2

一月二日，梶井君自湯川屋寄給近藤直人氏的信。

……此處位於天城附近，不算溫暖，但在到處都擠滿新年遊客的伊豆，我毫不知情地選擇了這裡，事後發現來這裡是明智的。就連在這裡，所謂的一等旅館都討厭長期逗留的客人，說好只住一晚後，我在那旅館度過除夕夜。之後確定川端康成氏住在湯本館，便去拜訪他，他介紹我來這家旅館，於是元旦就改至這裡住。這裡的溫泉據說在伊豆也是一等一，但我沒有神經痛也沒有風濕病，只要能暖暖身子就感激不盡了……

3

一月四日，梶井君自湯川屋寄給淀野隆三氏的信。

……此地的名產是香菇及山葵。據說品質是日本第一。六月起還可以釣香魚。這是川端氏說的，採用友釣法，他好像非常喜歡釣魚。（他寫的阿信地藏據說純屬創作。的確。這村子根本沒有他寫的那種掛羊頭賣狗肉的色情場所。）描述釣香魚的〈白色滿月〉共七十頁稿紙，是最長的文章，而且他說今年會比去年寫更多。這次他好像集結了〈伊豆的舞孃〉等較長的十篇作品將由金星堂出版。我說看不懂上次正月號他發表的〈五月幻想〉（《近代風景》），結果他笑了。像日南[2]寫的那樣盯著我的臉孔——我心想這是他那個老毛病又犯了吧，又怕失禮所以沒吭氣，不過難免還是有點不舒服。但他非常親切，我很慶幸自己能夠來湯島。之前或許跟你提過，初一岸田氏來訪川端氏，說要在十日之前寫出一篇文章。另外日夏氏也來到距此不到四公里的吉奈溫泉，你邀三好與外村返京時要不要順路來此一遊……

4

一月九日，梶井君自湯川屋寄給北川冬彥氏的信。

……這五、六日沒見過川端氏。下次應是與淀野一起去吧。屆時我會替你轉達問候……

5

二月一日，梶井君自湯川屋寄給飯島正氏的信。

……不時與川端氏會晤但完全未談到藝術話題，川端氏終日癡迷圍棋。

6

二月一日，梶井君自湯川屋寄給淀野隆三氏的信。

……上次我請川端氏評論我的作品，他遂將我的作品都拿走了。你下次來時不妨也將你的作品帶來吧？我可以幫你拿去給他。我想他會不帶任何野心意識地閱讀。

2 此處的「日南」不知是否筆誤。川端曾在〈日向〉這篇文章提及「自己喜歡盯著別人臉孔的毛病令旁人很受不了」。

7

二月一日，梶井君自湯川屋寄給清水蓼作氏的信。

……我這裡和落合樓大約相距三百多公尺，再過去二百公尺左右，就是川端康成住的湯本館。我大概五天會過去一次。他是很爽快的前輩，《青空》的寵兒。（深受《青空》眾人眷顧，此人應該會立刻成為《青空》的寵兒吧。）……

8

二月二日，梶井君自湯川屋寄給中谷孝雄氏的信。

……你的國技館之行頗有青空風格，青空語大為活躍呢。

說到青空語，比起斷片式，我寧取你這種長文。有責任才好。既然已經開始做了，我也想盡可能以那種形式好好發揮。畢竟川端和池谷拿到上個月的雜誌時都是立刻看那個專欄。那等於是心臟地帶。……

你有去學校嗎？白十字文學如何？《辻馬車》及《新思潮》刊登了傑作嗎？如

果川端那裡有，我想借閱來看，可惜尚無機會……

9

二月二日，梶井君自湯川屋寄給外村繁氏的信。

……你送的茶好像終於要喝光了。關於泡茶方式雖有所批評，但我這三週時間堪稱都被那茶葉濃厚的山村風味擁抱。問川端氏「滋味如何」，他說「相當好喝」，小山田也說「過去從來沒注意茶的味道，今後會好好飲用。請務必介紹一二」。這二位是否知道自己喝的茶是知名的政所茶還是個疑問，（不過我自己也好不到哪去，但我想先記住那種山間特有的堅固、黑亮的風味，今後再嘗試它的妥當性。）我想對政所茶致上最深謝意。

10

二月分日期不明，梶井君自湯川屋寄給北川冬彥氏的信。

……小山田與池谷氏玩新式網球。用棋子玩這個我算是此地鼻祖，但終究被小山田創下紀錄。

與池谷氏之戰，池谷氏的控球（棋子）技術欠佳中途放棄未成戰局。池谷氏用圍棋打敗我，小山田也在川端氏面前打敗我。圍棋實在太難了。腦力和眼力都無法集中……

11

三月七日，梶井君自湯川屋寄給淀野隆三氏的信。

……我的病情自你離去後連續三、四天都是三十七點八度至三十八度的低燒，血痰在那前後停止了。但最近又恢復三十七點一度的低燒，痰色由黃轉橙。也無法工作，身邊只要沒人便感徬徨無助。最近去川端氏那裡都會聊很久。上次聊到大象與駱駝，他似乎很感嘆。細聽之下，那似乎是大仁的動物園要遷移下田，小動物用貨車運去，不能用貨運的大象等動物就徒步走一天過去。我聽得也很開心。想到那條下田街道的某處會否留下當日的巨大足跡，想像那種情景的心情就變得格外熱切。他們也是半島的藝人，伊豆的舞孃。在都市待久了不了解鄉下，原來鄉下也有可愛的動物行走。

川端氏寫的《伊豆的舞孃》近日應會出版。日前我稍微幫忙校正了一下。負責該書裝幀設計的吉田謙吉氏據說今日會抵達。寫這封信時吉田氏與川端氏來了。不久二人離去。晚間我去拜訪算是回禮。翌日收到《青空》，拿著那個去湯本館。吉田搭乘四點的巴士回去（他是個斯文的好人）。據說他畫了許多裝幀設計用的素描帶回去。（川端注：吉田氏來訪是二月二十六日，因此梶井君這封信是當時寫好，之後與三月七日的信一同寄出。）

……上次去找川端氏，他讚揚三月號的外村作品，我說給外村寫了信可以告訴他地址，他非常高興……

12

三月十七日，梶井君自湯川屋寄給淀野隆三氏的信。

……川端氏昨日與《辻馬車》的小野聯袂來訪。他說宇治那邊送來和我一樣的茶，「那應該是淀野君給的吧？」他說。應該不是你介紹的吧？然後他還對小野講解玉露茶的特色，似乎很喜歡玉露茶。據說藤澤與小野一起來了，會暫留此地，而且武田過幾天也會來云云。我在等三好和你……

13

三月十七日，梶井君自湯川屋寫給中谷孝雄氏的信。

……昨天《辻馬車》的小野和川端氏來了。我們一起走去湯本館。藤澤也在。藤澤說要暫時留下。三好和淀野都要來，還有武田好像也說要來（對藤澤說的），屆時不知會是什麼氣氛，肯定有意思。

14

四月十一日，梶井君自湯川屋寫給淀野隆三氏的信。

……川端氏去東京了。川端夫人好像也是前天就去東京了。川端氏會回來一趟但好像還要再去東京。如此一來，此地頓顯寂寥。我本來也覺得身體經過療養已康復本月便可回去，但就這兩天的狀況看來恐怕還無法回東京。

……今天向藤澤借來川端氏寫的〈梅花的雄蕊〉閱讀，大為佩服。但那種佩服光是嘴上說說也沒意思，還是詳細評論一番才有意思，可惜現在無力提筆評論。筆已變得沉重……

15

四月二十九日，梶井君自湯川屋寫給淀野隆三氏的信。

……《文藝時代》四月號的〈梅花的雄蕊〉很不錯，姊妹四人同睡的場景甚好。最近我越發喜愛川端氏的作品也越發想予以嚴格批判。這次刊登在《文藝春秋》的作品似乎比之前的短篇集品質低落，所以有點失望（？）但我認為那樣不對，我打算更加仔細閱讀。篇中的〈百合花〉甚為悲情。改日再做評論。（你對《伊豆的舞孃》書中的〈黑海青海〉有何看法？我想聽聽你的意見。）……

……川端氏住在杉並町馬橋二三二六號。不過我想你或許早已知道。

16

四月三十日，自湯川屋寫給川端康成的信。

你好。上次汽車墜崖事件承蒙您特地慰問非常感謝。

在山中茫然度過春天一直想早日返京，未能及早祝賀您喬遷新居拖到了今日。雖然晚了一步還是要在此向您祝賀。

向您報告山中種種。八重櫻尚未凋謝。杜鵑已如著火般熱烈綻放。湯本館玄關的石楠花前天開了一朵花，今日在淨簾瀑布那邊發現一棵石楠滿樹花朵怒放，但其他的大抵連花蕾都尚未泛紅。（我第一次看到這種花因此非常期待，果然相當可觀。但葉子比起花朵，猶帶冬日的陳舊與凝重，是美中不足之處。）

田地被深耕翻土，插上稻苗。燕子已回來，在上空飛來飛去。苗床冒出茄子的嫩芽及披著種皮的蔥芽，農民正拿水壺澆水。

今年在山中過春天讓我最驚訝的，是冬葉落盡的雜木山開始籠罩如煙似霧的淺紅嫩綠新芽之美景。望著他們一天天成長茁壯，讓我既喜悅又窩囊，最後終於茫然了。昔日枯萎的樹枝如今萌生嫩芽，春意的確爛漫。蕨菜吃起來已經有點老，款冬花已開敗。

去湯島的路上摘那些植物餵學校的鹿。結果鹿乾燥的鼻尖轉眼濕潤，開始進食。這隻鹿的毛色也會改變吧，因為最近正在脫毛變得很醜。

下田街道的小酒館最近活逮了一隻藪熊。樣子有點像豪豬，吃的是煮熟的魚。據酒館老闆表示，「腳和真正的熊一樣。」但牠非常膽小，稍微動動膝蓋牠就嚇得跳起來像貓一樣炸毛。前天春雷初響，下起午後雷陣雨。（報紙說三島那邊還降下冰雹。）放晴後出現了同樣是第一次出現的積雨雲。這兩三天來，真的已經變成夏天了。今天上面朝日屋的孩子（高等學校一年級）去河裡抓了十幾條石斑魚，技術令人嘆為觀止。

我大約每隔三、四天就會去一次湯本館。在櫸花散落下，增田先生直到昨日一直描繪橋上風景，如今畫已完成，兩三天之內想必就會回東京。藤澤君和我最近都沒有任何創作。但我的身體最近已好轉許多。

差點忘記寫那起您特地垂詢的汽車事故了。深夜二點多突然被大地震般的震動驚醒時，我簡直嚇呆了。原來是在世古樓喝醉的水泥匠跳上停放在世古樓前的小客車，胡亂駕駛結果墜落山崖。幸好途中有櫸樹擋住沒有直接撞擊地面，只是稍微撞凹車頂便停住了，水泥匠跌落到正下方就是掏糞口的地方。但此人毫髮無傷。湯川屋老闆出門查看時，只見有人從湯川屋旁跑出來拼命衝上石階而去，後來才發現那是水泥匠。翌日連金山的人和西平的人都來幫忙，費了一天工夫才把汽車吊起。警察局長據說也從大仁趕來，我也看了一天熱鬧很累。正因無人受傷，如今想起水泥匠只覺異常滑稽。

山間消息一扯便扯遠了。就此打住。

我還不確定幾時返京。想必您再次光臨時我還在這裡。

最後請代向嫂夫人問好。保重。

17

五月六日，梶井君自湯川屋寫給淀野隆三氏的信。

……新居格氏來訪川端氏。此人頗健談。也偕藤澤君來過我的房間。前山的紫藤花開了。石楠花如今盛開。今天去溪谷聽河鹿蛙鳴。從我坐的地方可以看見各處石上有四隻河鹿蛙。下游傳來幽微的鳴聲，河鹿蛙開始依序鳴叫。只有一隻不叫。那是雌蛙。雄蛙在相距三十公分的石上，只要牠一叫，雌蛙似乎就會低聲應答。過了一會，雄蛙邊叫邊越過三十公分的水面撲到雌蛙身上。我看到十分詭異的交配過程。蛟蜻蛉自山谷飛起，最近這種昆蟲很多。上次也在今天看河鹿蛙的地方發現大量蛟蜻蛉死在岩石之間的水窪中。浮在水面的翅膀令那灘水窪染上石油流淌般的暗色。

……你去拜訪過川端氏嗎？上次看《日日新聞》刊登了武野藤介這個人對《伊豆的舞孃》的評論。其中引用了川端氏於《文藝時代》五月號寫的文章，內容是川端氏的妻子和雅子女士在天城俱樂部的事。你看了嗎？藤澤君好像沒收到《文藝時代》，我也還沒看。我很好奇你看了有何感想。……

18

五月二十二日，梶井君自湯川屋寫給忽那吉之助氏的信。

……川端氏走後，新居氏來到此地。如今應改造社之邀去關西演講了，再過四、五天應該會回來。……

舊版《梶井基次郎全集》（昭和九年，六蜂書房版）的書簡集裡，從五月二十二日這封寫給忽那氏的書信跳至九月十八日寫給淀野氏的書信。期間沒有書信。

新版《梶井基次郎全集》（昭和二十三年，高桐書院版）的簡略年譜中提到：「昭和二年（一九二七年）。知識分子頻頻轉向左派，無產階級文學活躍抬頭，暗自抱持強烈關注。六月《青空》休刊。七、八月間，於湯島結識偶然來玩的廣津和郎、萩原朔太郎、尾崎士郎、宇野千代、新居格等人。此時期親近波特萊爾的作品。十月返阪，於京都帝國大學醫院接受診療，方知病情不可輕忽。中旬再次回到湯島，著手創作短篇。十一月，貧血，為大量喀痰所苦。」

我自四月五日去東京後便沒有回到湯島。之後二十多年始終未去湯島。

七

四月五日我去東京是趁著參加橫光君婚宴的機會。當時寫的日記〈上京記〉刊於《手帖》五月號。

○

四月五日，相隔七個月後自伊豆湯島去東京。至上野精養軒參加橫光的喜宴。國府津一帶的紅褐色海灘，已是春天。「喂，你知道山茶花林嗎？」我對諸友人說。不知道的人應趁著早春去東海道一遊，觀賞盛開的山茶花林。我自上野與身穿日式或西式禮服的諸友前往銀座，與池谷投宿丸之內飯店九樓。

六日。自飯店東窗眺望街景。藍色的都是電車。綠色是計程車。不過，午後看到皇居護城河邊垂柳冒出新芽。去池谷的兄長家，下圍棋。晚，受邀去銀座。外出時諏訪三郎來訪，回到飯店後又去東京車站，漫然坐在候車室，小便，買豆沙麵包回來。

七日。與金星堂東野君赴阿佐谷，橫光也陪我一同找房子。回程走小路卻漫長不見盡頭。被雨淋濕。走錯路了。我很愧疚，橫光卻愛小路的雨中風情。橫光昨日也隨鐵兵去找出租房屋。晚間去飯店，石濱與池谷自日勝亭來電。前往。在飯店臨時搭起折疊床收留池谷。

八日。今日也去阿佐谷。去橫光、武野兩人家，請武野君去看房子。決定就租那間。去文藝春秋社，下將棋以平手[3]贏了菅。小林秀雄君也一起去菅的新居，要去銀座時在有樂町車站遇見池谷。讓池谷先睡，熬夜至清晨六點趕出二十頁稿子。

九日。將之前托文藝春秋社保管的行李送去，發生一起無法向友人公開的事件，從飯店退房，在東京車站等候，前往新居。傍晚的門口有白花點點。昏昏欲睡。

那間房子位於高圓寺的馬橋二二六號。

八

梶井君五月二十二日寫給忽那氏的信中，提到我離去後住進那個房間的新居格氏應改造社之邀去關西演講，是宣傳《現代日本文學全集》（所謂的圓本[4]）的演講旅行。其實我也與新居氏同行。

當時文學家分為多組前往各地演講，我這組有新居格、高須芳次郎、池谷信三郎共四人，至大阪、奈良、津、岐阜、和歌山等地演講。

這次旅行經過我曾在〈西國紀行〉（《改造》昭和二年八月號）及〈四片廠之門〉（《電影時代》昭和二年八月號）提及。文中記載，池谷君和我結束演講後仍滯留當地，與片岡鐵兵君會合，同遊京都、大阪、神戶等地。為慶祝片岡君的作品集《綱索上的少女》出版，眾人齊聚大阪及神戶。

3 平手：將棋名詞，指雙方用上所有的棋子，在平等的條件下較量。
4 圓本：以一本一圓廉價販售的全集、叢書類。

這趟旅行從五月二十五日至六月七日。

參觀片廠由衣笠貞之助氏導覽。前一年的五月，衣笠氏於下加茂拍攝《瘋狂的一頁》，我也至京都待了十天左右。

○

去年於正園和《瘋狂的一頁》主演者井上正夫氏比鄰住了十天左右。今年他也自六月一日起在南座公演，因此我與片岡鐵兵、池谷、衣笠氏等人去他的後台休息室探訪，看了一幕《好友》這齣喜劇，枉費安排在《平將門》之後上演，有點冷清。在大阪聽堂弟說，井上氏受邀出席大阪青年紳士的社交俱樂部，謙稱「澤田正二郎君如旭日初升。我已是夕陽西沉。云云」，令大阪人都為之啞然。……〈西國紀行〉

○

去年葵祭[5]時，在下加茂參與了十天《瘋狂的一頁》拍攝過程，令人懷念。

《瘋狂的一頁》這次被全關西電影聯盟推薦為大正十五年度的優秀電影，身為編劇的我也得到獎狀與獎牌。這是此生第一次拿到獎牌。

衣笠君如今握有名演員林長二郎君這張王牌輕鬆取得成功，但他似乎難以忘懷當初拍攝《瘋狂的一頁》那種嘔心瀝血的努力。太秦片廠的立花氏說，「衣笠君也在拍攝《瘋狂的一頁》時瘋了吧。」然後像小狗一樣尖聲大笑。……〈四片廠之門〉

在衣笠氏的要求下，新感覺派電影協會成立，岸田國士、橫光利一、片岡鐵兵，以及我四人參加，首次推出的作品就是《瘋狂的一頁》。《瘋狂的一頁》似乎票房失利，新感覺派的電影可能會在這部作品後便銷聲匿跡。

5 葵祭：京都三大祭典之一，每年五月十五日舉行。

九

梶井君四月十一日及四月二十九日寫給淀野隆三的信中，提到我的作品〈梅花的雄蕊〉，是指《春景色》開頭的部分。我將這部作品以「梅花的雄蕊」、「柳綠花紅」等名稱寫過好幾次。

三月七日給淀野氏的信中，提及移動動物園的大象與駱駝徒步翻越天城嶺，「想到那條下田街道的某處會否留下當日的巨大足跡，想像那種情景的心情就變得格外熱切。他們也是半島的藝人，伊豆的舞孃。在都市待久了不了解鄉下，原來鄉下也有可愛的動物行走。」文中的大象與駱駝，也被我寫入《春景色》。那種大型動物走過的情景是我與妻子一同目睹的。梶井君是親眼看到或只是聽說，如今我已想不起來。

他在五月六日寫給淀野氏的信中，提到我在《文藝時代》五月號寫了妻子與雅子女士在天城俱樂部的事，想必寫的是和《春景色》的京都人同樣的事。但在天城俱樂部看女子歌舞伎時是和中河與一全家，時間是大正十四年的正月。此事我寫在大正十四年十月號的《文藝時代》〈初秋旅信〉中。

同樣是五月六日寫給淀野氏的信中，梶井君提及目睹河鹿蛙交配。日後的小品文〈交尾〉大概就是由此誕生。

中村光夫君在解說島木健作的作品〈赤蛙〉時曾提到，「〈赤蛙〉的題材，令人自然聯想到梶井基次郎的名作〈交尾〉。伊豆的青蛙也算是對昭和文壇貢獻了二篇優秀小品，〈交尾〉與〈赤蛙〉相隔二十年，期間，無數小說家捕捉的眾多『現代人』當中，能夠描寫得栩栩如生如同這二隻青蛙的又有多少？」

〈赤蛙〉寫的是修善寺。

四月三十日梶井君寫給我的信，是他寫給我的第一封信。我認為那封信很美。是四月五日我離開湯島後的山間春天信息。

湯島的春天，我也寫在《春景色》中。就題材看來，我來到湯島的最初是《伊豆的舞孃》，離開湯島前的最後一作是《春景色》。

昭和二十四年二月十一日

其二

一

我第一次去伊豆，是《伊豆的舞孃》描寫的那趟旅行，那年我二十歲。《伊豆的舞孃》的草稿〈湯島回憶〉中寫到，「我二十歲。剛升上高等學校二年級的仲秋，是我到東京後第一次像樣的旅行。」當時是七月升級，九月開始新學年。

《伊豆的舞孃》中，「二十歲的我一再嚴格反省自己的個性孤拐扭曲，我無法忍受那種喘不過氣的憂鬱，於是有了這趟伊豆之旅。」在〈湯島回憶〉也提及，「我的一高宿舍生活在一、二年級時非常不愉快。因為和中學那五年的住宿生活截然不同。而我的幼少時代殘留的精神疾病令我耿耿於懷，難以忍受對自己的憐憫與厭惡。於是去了伊豆。」明白寫出了旅行動機，但如今想來八成也摻雜感傷。雖說「一再嚴格反省」，但是否真的嚴格反省了？我覺得自己是個不可能嚴格自我反省的人。

不過〈湯島回憶〉中，「舞孃說我是個好人，千代子也贊同，『是個好人』這句話，清新地滴答落在我心上。我是個好人嗎？是的，我是好人。我回答自己。通俗意味的『好人』這個字眼，帶給我光明。從湯野到下田，即便反躬自省，我也覺得自己的確扮演了一個好人同伴。那讓我很高興。無論在下田旅館的窗台或汽船上，被舞孃稱為好人的自我滿足，以及對誇獎我是好人的舞孃的傾心，讓我痛快流淚。如今想來，實在不可思議。太幼稚了。」這肯定是我創作《伊豆的舞孃》的動機之一。想必也是這篇作品被讀者喜愛的理由之一。

無論《伊豆的舞孃》或《雪國》，我都是抱著對愛情的感謝而寫。《伊豆的舞孃》誠實呈現了這點。《雪國》則比較深入，表現得更隱晦。

《伊豆的舞孃》幾乎沒有描寫從修善寺至下田的沿路風景。可以說我壓根沒想到要努力描寫自然風光，寫來漫不經心。二十四歲那年夏天在湯島動筆時沒打算公開發表的作品，在二十八歲那年被我一點一點修改謄寫。也曾想過日後補寫風景改作一篇，可惜未能實現。但人物當然都經過美化。

昭和八年寫的〈《伊豆的舞孃》改編電影紀念〉，也提及這個美化。「當時十四歲的舞孃，今年已二十九歲。回憶中最鮮明浮現的，是舞孃睡著時眼角那一抹古典風情的胭脂。那是他們最後一次旅行。之後，他們在大島的波浮港定居，開起小餐館。與當時住在一高宿舍的我，還通信過一陣子。雖然面貌毫不相像，但女星田中絹代飾演的舞孃很好。尤其是披著短掛驕傲挺起肩膀的背影很美。她能夠愉快展露演技，也令我很高興。若水絹子飾演的嫂子，也貼切表現出早產後旅途疲憊之感，那種毫無特色、無所事事的表現，反而更增添這個角色的愁緒。不過，和現實中的舞孃嫂子相較，若水絹子當然美得過火。那對真正的夫妻飽受腫瘤惡疾所苦。他們早上腰痠腿痛，起床時很辛苦。舞孃的兄長在溫泉中更換腿上的膏藥，一同泡溫泉的我都不忍心看。夫妻倆之所以產下透明如水的孩子，想必也是這種惡疾所致。

運筆如飛寫出《伊豆的舞孃》時，唯一的遲疑，就是到底該不該提到這種惡疾。如果能夠寫出來，或許作品給人的感覺會略有不同吧。沒想到這個腫瘤的幻影很可惡，之後也不時以不遜於舞孃眼角胭脂的強度緊追著我不放。那個母親其實非常猥瑣。舞孃的眉目，乃至頭髮與臉部輪廓都漂亮得不自然，唯有鼻子像隨手安上去的特別小。不過，我沒寫出那些，倒也不放在心上。不知怎地唯獨就是對腫瘤耿耿於懷。寫這篇文章之際，也有四、五天時間都在不停天人交戰，不知到底該不該寫出惡疾，如今也是正要寫到那個又停筆三、四小時，轉眼天亮了，頭痛了，終於還是寫了。寫了大概會後悔，但不寫的話，今後會被腫瘤繼續陰魂不散地糾纏，想必會一再頭痛。做人真討厭啊，有點自我厭惡，反之也有點憐惜自己。」

「曾通信過一陣子」是有點誇大其詞了，其實只是舞孃的兄長寄來兩三張明信片而已。對方深信我會來大島，明信片上還說正月要表演，希望我能去幫忙。在下田分道揚鑣時我也深信寒假去大島一定會重逢。但我沒錢，無法成行。如果想辦法應該還是去得成。但我就是沒有「想辦法」。

之後東京花季時，好像還收到他們到飛鳥山跳舞的明信片。是回到島上之後寄的。

《伊豆的舞孃》是我最受歡迎的作品，因此身為作者反而產生反感，很想聲明伊豆的作品中《春景色》及《溫泉旅館》更好，但最近收入細川叢書時我重新閱讀，很久沒有這樣以作者的身分誠實面對這篇作品。

二

〈湯島回憶〉中提到「在我傷了右腳，與舞孃共遊的翌年秋末，我又來到湯島。」，因此第二次去湯島應該是我二十一歲，大正八年時。

「折騰了四、五天的發燒集中在腰部，然後向下轉移到右腳。能夠站立後，即便只是一小段路，跛足而行也比正常步行更輕鬆。右邊的木屐不時飛出去，讓我很困擾。醫生也建議我去溫泉療養。

從大仁車站過去十六公里路程，我搭乘馬車。」

這時的經過，從〈湯島回憶〉抄錄到〈少年〉。

「不知是神經痛還是風濕，為此我去了湯島和湯川原，但日後我才知道，湯島和湯川原都是冷泉，和溫泉療法的熱敷正好相反。不過好歹還是有點作用。」

這個不知是神經痛還是風濕的毛病，之前就有輕微症狀，如今仍未完全根治。

與流浪藝人結伴同行時，讓我愛上湯島，況且旅館住宿也便宜，於是翌年，我決定來這裡做溫泉療養。

「這個湯島如今已成了我的第二故鄉。我經常從東京奔來此地天城山北麓。某個秋天，是一邊憂心自己是否會成為跛子一邊來此療養腿疾；某個冬天，是遭到別人莫名其妙的背叛，心神幾欲崩潰時勉強靠此地撐住。引我來此的與鄉愁無異。」〈湯島回憶〉的這段話，寫於二十四歲那年夏天，因此我從二十一歲至二十四歲為止，期間不知去了湯島多少次。也曾寫到「我在旅館的房間，習慣住二樓面向溪流的四坪房間」。也寫過二十三歲的十二月來此地的經過。

還有〈湯島回憶〉中寫到，「我還沒去過伊豆半島西海岸的土肥等溫泉。不過，熱海線、駿豆線、下田街道沿線的諸多溫泉之中，只有湯川原讓我感到比較喜愛」，也寫到「近晚時分抵達湯島的旅館，已經開始想念人群。於是，我去世古溫泉和落合樓尋求人群的溫暖。人跡堪稱只有都會的少許。溫泉旅館只有湯本館和落合樓，另外就是世古瀑布有兩三家簡陋旅社，那三處各相隔數百公尺，從其中一處連其他屋頂尖端或院子的樹梢都看不見。有時我會穿過落合樓的庭院，或是從前面的吊橋仰望二樓，若是秋天或冬天，可以見到在我的旅館看不到的都會妙齡女子（不只是女人，男人也是）走過走廊或佇立庭院，我就會安心回到自己的旅館。儘管只是從遠處眺望緊閉的紙拉門前隨意脫下的草鞋，也會猜想會不會是都市來的客人。湯島就是如此寂寥。若想看都市人，必須去湯島可輕易當日來回的修善寺及吉奈，或者更遠的長岡。我來之前就知此地寂寥。而且，東京附近的話，我也想去箱根，但熱海與修善寺就不必了。」大學的時候我就已走遍伊豆及箱根的溫泉區。而我喜愛的是湯島。

三

但我開始長期逗留湯島，應該是大正十三年大學畢業之後。二十六歲至二十九歲的期間。

記憶已模糊，也沒寫日記，但根據當時替《文藝春秋》及《文藝時代》撰寫的文章看來，可以發現我的長期逗留。

大正十四年二月，我寫到，「打從七年前，我每年都會來此地兩三次。大正十三年更是幾乎有半年都在此地度過。」

大正十四年，我二十七歲這年，從正月開始幾乎待了一整年。〈湯島溫泉〉等數篇短文都是這年寫的。

根據大正十五年五月號的《文藝時代》刊登的〈入京日記〉，也可發現這次待了一年以上。

○

大正十五年三月三十一日。

當我要離開時，旅館的阿婆說心情就像和獨生子分開。我自己，也覺得彷彿離鄉背井前往都市的少年，不得不向這些照料我生活起居超過一年的人們告別。月光明亮的深夜，獨自浸泡溫泉聽著溪澗潺潺，不知不覺抽泣哽咽淚流不止。想到溪邊不久又將有河鹿蛙鳴，我想起去年春天。

我搭乘上午十點開往修善寺的公車出發。足立務君說要送我到三島，在旅館前一同上了車。在市山停車場發現淺田老人的身影。大喜。同行至大仁。這是我的棋友之一。也是大前天晚上我的圍棋送別會出席者之一。他已高齡七十，看似仙風道骨樂天知命，從不抱怨，是個超脫塵俗的老人。我們約好了若他五月去善光寺拜拜，我也陪伴同行。

在大仁車站與淺田老人告別，在三島車站與足立君道別。

在大磯車站，一名女子尾隨長相酷似仙石鐵路大臣的老人走進車廂，該不會是她吧！是我在小說〈南方之火〉、〈篝火〉寫過的女人。當她經過我旁邊時，我定睛細看。她的脖頸白皙，手也很白。猶記昔日她抬手整理頭髮時，從紅色袖口露出的手肘那種暗青色非常可悲，令我難以忘懷。也忘不了曾暗自祈禱她二十歲時能夠變得白皙。或許是上蒼憐憫我的祈求，如今她果真白皙了。但她的身後跟著一名青年紳士，身穿帥氣的當季西服，相貌溫文儒雅，年紀應該超過三十。她的胭脂色大衣底下的衣著也很有品味。看來變成賢明女子後也培養出大家閨秀的品味了。二人周遭瀰漫富裕生活的氣息。她似乎發現我了，走到車廂最後面的座位坐下。我一再回頭，看她的額頭。

片岡鐵兵、池谷信三郎在藤澤車站上車。這又是一樁奇遇。鐵兵和我一樣，正要去參加《文藝時代》的評審會議。車廂已無二人的空位，於是我索性也放棄座位站著聊天。這下子可以看見她的胸部以上。她閉緊雙眼臉泛潮紅，面露痛苦。為何如此痛苦？我感到悲傷。我不恨不怨。只是單純地想看她一面。暌違五年再次重逢，下次不知幾時才能再見，所以我只是想看她一面。難道她就不能抱著開朗的心情讓我看到她美麗幸福的臉孔嗎？她為何要面露痛苦？侵蝕她的感情習俗令我傷悲。

不過，由此也可明顯看出她跟著好人過著好日子。我莫名心喜，彷彿把璞玉託付給好玉匠。想必會琢磨出美玉交還給我吧，我的幻想很單純。

鐵兵、池谷二人壓根沒注意到這碼事。有意思。

在新橋車站與池谷君道別，與鐵兵搭乘計程車去四谷的三河屋。出席第三屆《文藝時代》評審會議。這是難得的盛會。與會者有稻垣足穗、石濱金作、加宮貴一、中河與一、酒井真人、佐佐木茂索、岸田國士、南幸夫、菅忠雄、鈴木彥次郎、福岡益雄、伊藤永之介諸君。與足穗君是初次見面。連菊池寬氏都特地出席。四月的創作我幾乎都沒看。前晚徹夜未眠加上長途旅行的疲憊，頭很痛，有點流鼻血。無話可說。只是針對岸田、石濱等人的意見，替久野豐彥氏的作品稍做辯解。

評審會議結束後，與稻垣、石濱、加宮、福岡、伊藤諸君去餐廳三河屋喝咖啡。與石濱、加宮走到四谷鹽町，玩撞球直至近十二點。無人打中。醜態畢露。

與石濱搭乘計程車找旅館。硬是敲開麴町紀尾井町的旅館大門。旅館有熱水澡可泡算是意外之喜。很久沒泡過熱水澡了。忽感無助。石濱胖了一點。而我在山中溫泉待了一年吃魚肝油也胖不起來。彷彿被餓死鬼附身，與石濱喝啤酒時，我猛吃烤海苔。聊到深夜三點，石濱鑽進被窩打呼嚕磨牙一如往昔，很刺耳。然而，與諸多友人一一道別最後只剩我倆，他還特地陪我來旅館同睡，果真是好友。

○

四月一日。

被石濱的聲音吵醒。他吃了早餐正在換西服。

「昨晚整夜沒睡、昨晚整夜沒睡……」他頻頻抱怨。他這是吹牛。他要去八點開始的文化學院入學考試監考。我躺在被窩與他道別，翻身繼續睡覺。十點多起床。

房間倒還好，旅館外觀暴露在晨光中卻顯得異樣窮酸。女服務生還說旅館的壞話。因為房客太少，領班和女服務生一一逃走，據說如今只剩小貓兩三隻。她說自己近日也將逃走。這種大事卻說得輕描淡寫，很有意思。難怪朝鮮人會來投宿。據說隔壁的豪宅還因被趕出家門的養子殺害妻子而名噪一時。

餐後，寫了五、六封信給在湯島時很照顧我的人們，離開旅館。去白木屋，買枕頭與睡衣。去竹葉分店吃午餐，搭計程車去新橋車站，領取暫時寄放的籃子與包袱。繞道東京車站，領取裝滿舊雜誌的紙箱。紙箱太重，弄得司機欲哭無淚。大老遠前往麻布。途中，陌生的山丘上聳立如古城監牢的黃色洋樓，仔細一看有JOAK[6]的旗幟飄揚。司機滿頭大汗地搜尋我租借房子的宮村町。

向房東夫妻致意。房東是俳人。我租的房間有二坪多，事前未看過便自二月租下，因此房東很擔心我對房間狀態及同住者是否滿意，但在哪和誰住我都無所謂。

6 JOAK：NHK東京放送中心。

就算與幽魂下地獄我也照樣安之若素，這是我平日就有的覺悟。隨時可以退租離開，是我唯一的條件。這是天涯孤客心靈深處懷抱的自由。所以才不想隨便成家娶妻。

我立刻去澡堂，行李也沒收拾便出門。走在銀座，只見「東舞」[7]高掛紅燈籠。今日是活動首日。我忽然起意看舞蹈，走進橫巷一看，奇怪的是居然找不到新橋演舞場。朝著目標一路急行卻見黃色洋樓是第一百十五銀行。我啞然。難道自己成了鄉巴佬？最後終於找到，入場一看，華麗的舞台正在表演元祿賞花舞。我被帶到台前最前排的正面，我前方和旁邊都沒有觀眾，等於直接和舞台上的藝妓面對面，我羞得說不出話。朝背後一瞄，都是起鬨看熱鬧的人，什麼舞蹈歌謠三弦琴一概不懂，總之只是色迷心竅，忙著對舞台上的藝妓品頭論足。接著，是青海波二人舞。表演者是照子與鯱丸。二人的手掌與手指都很美。那手勢太美，加上我太疲勞，不覺竟潸然落淚。中場休息。接著是二場「天下祭[8]艷姿新橋」表演。這下子看到約百名新橋藝妓，但我認為相貌美麗的不過二三人。天下祭艷姿新橋的手古舞[9]年輕女子中，有一個我覺得還不錯，但她沒有提著印有名字的燈籠，因此不知芳名。

在這種日記裡寫及情愛也無用。

走出演舞場已是華燈初上。我又去竹葉吃醋味噌拌海鮮時蔬。我打算天天吃這個補充精力。在銀座遇見今東光夫婦與吉村二郎三人。我欣喜揚聲拍打東光的肩膀，我們已有一年多未見，去天金餐廳聊了一會。我再搭乘公車回淺草藏前的家，與房東下圍棋至清晨五點。

鑽進被窩後，疲勞過度反而失眠。聽著清晨的電車聲，遙想寂靜的伊豆山間溫泉不禁歸心似箭。雖然昨日才剛剛離開那裡。

○

四月二日。

7 東舞：每年初夏，結合藝妓舞蹈表演和日本料亭美食，在「新橋演舞場」舉辦為期四天的活動，是花柳界一年一度的盛事。

8 天下祭是江戶時代以來江戶（東京）的代表性祭典。

9 手古舞：江戶祭典時，穿著男裝在山車或神轎前面打頭陣邊走邊跳舞的舞蹈或女舞者。

一早便被孩童的聲音吵得無法熟睡，正午前終於認命起床，洗完澡去文藝春秋社。途中自大塚打電報給葉山的橫光利一，通知他我明日前往。菊池氏讓《婦女界》雜誌社派來取稿件的人等候，正忙著寫小說。我看他很忙遂立刻告辭。約好等六月漁獵解禁便去湯島釣香魚。

去金星堂。與石濱不期而遇，加上飯田豐二君，三人撞球至傍晚。與飯田君道別，偕伊藤永之介君三人去今文吃晚餐。去銀座，在不二屋喝茶時女史進來。這又是奇遇。她說與離開目白即將返鄉的友人依依惜別至銀座散步。出了不二屋，立刻又遇到東光的弟弟文武君夫妻及池田虎雄君三人。這又是奇遇。池田君在向陵的宿舍與我曾做過二年室友，如今定居京都。文武君向我介紹他的妻子，彼此在路上初次寒暄，聊到曾於湯島遇見東光的父母及弟弟日出海君云云。與三人道別後走向新橋，前方甩著雙手與身體一起搖搖晃晃走來的竟是片岡鐵兵。他說剛剛參加《演藝與電影》的電影漫談會歸來。我們又進了某家咖啡很好喝的喫茶店休息。

快十二點回來，接到橫光的電報。他說有電影的要事商談叫我立刻過去。和我發給他的電報正好錯過了。湯島旅館來信。信上說香魚季節時恭候我的光臨，想必香魚也在等待那一刻，云云。

鑽進租來的被窩，來東京之後第一次昏昏入睡。

○

四月三日。

十點醒來時風狂雨驟。與石濱約好搭乘十一點的火車去葉山，但既然下雨只好延期，我心安理得地再次入眠。十二點醒來時風勢稍減但還是有雨。仰望天空，忽然想見橫光。我下定決心出門。借了傘出去，在麻布十番的街上買木屐。

去了葉山森戶海岸的橫光家，衣笠貞之助氏也在。他想視營利於度外，製作優良的藝術電影，請求我們加入。橫光因感冒無法去東京，因此據說衣笠氏在葉山住了兩三天等候我們。他說也有必要會見片岡鐵兵及岸田國士。三人立刻決定回東京，急電鐵兵。也無暇探望嫂夫人的病情便匆匆離開橫光家。

去鐵兵位於神樂坂的宿舍，方知他已行蹤不明一個月。很失望。自田原屋打電話問高田保氏也不得而知。衣笠氏去菅忠雄家，聽說他或許在池谷信三郎的宿舍，於是搭計程車趕往神田西紅梅町。池谷君不在，也沒有鐵兵來過的跡象。傷透腦筋。

無奈之下去帕里斯咖啡屋吃晚餐。已經沒有火車可回葉山。明天一定要逮到鐵兵，為了研商尋人妙計，三人決定同宿，搭黑牌計程車去芳千閣飯店。只剩一個房間。是雙人床附帶一張小床的大房間。女服務生搞錯了，對著衣笠氏猛喊「川端先生，川端先生」。橫光與衣笠氏下圍棋，衣笠氏連勝二次。而我讓衣笠氏六子與八子，二度獲勝。

橫光與我鑽進同一張床。雖是雙人床，對二個大男人而言還是太小。他把被子都推到我這邊，大剌剌沉睡。健康的鼾聲呼呼吹向我的臉頰。害我冷得睡不著。

這篇日記的三月三十一日在火車上遇見道子那一段經過潤色後，寫成了〈伊豆歸程〉。不過，我有點懷疑那個女人究竟是不是道子。

四月三日去葉山拜訪橫光君，見到衣笠氏，尋找片岡君，當時協商成立的就是新感覺派電影協會。《瘋狂的一頁》前面也已寫過。

我還記得《瘋狂的一頁》的劇本我是去森崎的大金寫的。

麻布十番後巷的宿舍幾乎無法安靜寫作。

後來我搬到市谷左內坂待到秋天。

與片岡、橫光、池谷、石濱、菅等好友，於夏天在逗子租屋合住，也是在這大正十五年。

但秋天我又去了湯島。

〈《伊豆的舞孃》裝幀設計及其他〉中提到，「去年春天，我要離開時，旅館的老太太就像要送獨生子出門遠行似地淚流不止。然我在秋天又回來了。」

直到翌年昭和二年的四月五日回東京參加橫光君婚禮之前，我一直住在湯本館。

四

〈上京記〉寫道，「九日。將之前托文藝春秋社保管的行李送去」，是指我扔在市谷左內坂住處的行李。

其實也談不上什麼行李。我在高圓寺的住處連書桌和矮桌都沒有。

我寫過一篇短文〈四張桌子〉。

○

……四張之中最古老的花梨木桌子，我甚至想把歷史由來刻在內側，是令人懷念的紀念品。換言之，橫光利一、池谷信三郎、川端康成這三個作家，可以說都是從這張桌子出發，是很吉利的桌子。

我在高圓寺剛成家時，連桌子都沒有，就在空啤酒箱上寫稿。餐具也是直接放在榻榻米上。替讀賣新聞寫稿時，該社代理部送來桂木棋盤充抵稿費，我也拿那個當桌子用。橫光君看到我這副德行，說他的舊桌子搬去池谷君那裡了，叫池谷君把那個送來。就此成了我歷史最悠久的桌子。

我沒問過橫光君這張桌子是幾時在哪買的。不過，即便對橫光君而言，肯定也是他成為作家後的第一張書桌，新感覺派時代的許多傑作，想必都是在這桌上寫的。成立新家時，用的可能也是這張桌子。後來池谷君成了家，同樣沒桌子，大概就從橫光君那裡接收了這張桌子。當時橫光君好像已有別的新桌子了。池谷君也是靠這張桌子成為新進作家。之後被我接收時，池谷君那裡也已有了新桌子。我先後遷居高圓寺、熱海、大森、上野櫻木町的那幾年，都是用這張桌子寫作。從《文藝時代》到我寫《淺草紅團》的時候為止。我們三人的處女作雖然不是用這張桌子寫的，但以作家身分出道前後，第一次擁有自己的家時，一生中之中回憶最深刻的二十幾歲時光，都是坐在這張桌前。若從桌子的角度看來，等於是先後栽培出三個青年吧。桌子因我一再搬家已半毀，經過修補後，如今當成餐桌使用。也曾一邊用餐一邊陷入與這張桌子相關的回憶。雖是廉價的花梨木舊桌，卻是我家的紀念品。……（下略）

說是二十啷噹，然我已二十九歲了。

前一年，在麻布的寄宿處，大概連寢具都沒有，才會在日記寫下「鑽進租來的被窩」。

再更前一年，想必也是丟下本鄉的宿舍一走了之，去了湯島就再也沒回去過。

二十九歲的春天，從湯島去東京時，再次將寥寥無幾的行李扔下。
當時的我兩手空空身輕如燕。如今搬家也不容易了。

昭和二十四年五月二十九日

伊豆之旅

作　　者　川端康成
譯　　者　劉子倩
主　　編　林玟萱

總 編 輯　李映慧
執 行 長　陳旭華（ymal@ms14.hinet.net）

出　　版　大牌出版 / 遠足文化事業股份有限公司
發　　行　遠足文化事業股份有限公司（讀書共和國出版集團）
地　　址　23141 新北市新店區民權路 108-2 號 9 樓
電　　話　+886- 2- 2218-1417
郵撥帳號　19504465 遠足文化事業股份有限公司

封面設計　莊謹銘
排　　版　新鑫電腦排版工作室
印　　製　中原造像股份有限公司
法律顧問　華洋法律事務所　蘇文生律師

定　　價　380 元
初　　版　2017 年 08 月
三　　版　2023 年 07 月

電子書 E-ISBN
9786267305461 (PDF)
9786267305478 (EPUB)

國家圖書館出版品預行編目資料

伊豆之旅 / 川端康成 著 ; 劉子倩 譯 . -- 三版 . -- 新北市 : 大牌出版 ;
遠足文化發行 , 2023.07
282 面 ; 14.8×21 公分
譯自：伊豆の旅
ISBN 978-626-7305-34-8 (平裝)

861.57　　　　112007280